AF291590

Les aventures de Simone

« Coupable désigné »

Roman policier

FSC
www.fsc.org
MIXTE
Papier issu
de sources
responsables
Paper from
responsible sources
FSC® C105338

Édition : BoD – Books on Demand, info@bod.fr
Impression : BoD – Books on Demand, In de
Tarpen 42, Norderstedt (Allemagne)
Impression à la demande
ISBN : 978-2-3224-5728-1
Dépôt légal : septembre 2022

Chapitre 1

Samedi 7 Juin 1997 après-midi, il fait soleil. Archibald boit un verre dans la cour de la ferme de Simone. Tous deux assis devant les vignes lorsque le téléphone sonna. Simone se leva et se dirigea vers le combiné et décrocha.

« Oui, allô bonjour ! » Simone raccrocha de suite et retourna auprès d'Archibald.

« Qui était-ce ? » demanda Archibald.

« Un faux numéro » lui répondit Simone.

Le téléphone sonna de nouveau, Simone se dirigea de nouveau vers le téléphone et décrocha de nouveau.

« Oui, allô ! » et elle raccrocha une seconde fois.

Arrivée dans la cour elle se rassoit. Archibald lui demanda une fois de plus qui c'était, elle répondit encore un faux numéro. Le téléphone sonna une troisième fois et Simone décida de ne pas se lever et de ne pas y retourner.

« Tu ne te déplaces pas ? » lui demanda Archibald.

« Non, encore un faux numéro » dit Simone.

Mais le téléphone ne faisait que de répéter de sonner, Archibald fatigué par cette sonnette interminable dit à Simone :

« J'y vais si tu veux ? Je décroche et je vais leur dire deux ou trois mots, il faut être plus ferme Simone. »

« Non laisse, ils finiront par se lasser » mais le téléphone continuait toujours de sonner.

 Fatigué Archibald finit par se lever et décrocha.

« Allô ! Qu'est-ce que vous voulez ? Vous n'en avez pas marre ? »

« C'est Georgette, Archibald. »

« Georgette ? »

« Oui c'est moi qui n'arrête pas d'appeler depuis tout à l'heure mais Simone me raccroche au nez. J'ai besoin d'elle, c'est surtout Jules qui en a besoin. »

Décontenancé, à voix basse Archibald se dit :

« J'aurais dû m'en douter. » Il répond à Georgette et lui demande de patienter et il retourna dans la cour. Il expliqua à Simone qu'il s'agissait de Georgette.

« Je le sais mais je ne veux pas lui parler » répond Simone.

« Elle dit qu'elle a un problème » repris Archibald.

« Elle ne manque pas de culot celle-là » lui rétorqua-t-elle.

« C'est son fils Jules qui a un problème. »

« Ah bah si c'est mon filleul alors !!! Demande-lui quel est le problème. »

« Tu ne préfèrerais pas lui parler toi-même ? »

« Non !!!! »

Archibald retourna vers le téléphone et demanda à Georgette quel était son problème.

Elle lui répondu : « Jules travaille dans une radio et il a un nouveau patron. Il vient de lui changer toutes ses horaires d'antenne. Il est très mécontent et il a besoin d'un avocat pour savoir si les modifications de son contrat de travail peuvent être changées comme ça du jour au lendemain. »

« Je ne vois pas en quoi Simone pourrait
t'aider ? » lui rétorqua Archibald.

« Elle a un ami avocat et je pensais qu'elle
pouvait me donner son nom ou éventuellement
accompagner Jules le voir. »

« Je reviens je vais le lui demander. »

Archibald retourna auprès de Simone et lui
expliqua la situation.

« Bougre de femme !!! Oui j'ai un ami avocat,
Gustave Momet, mais je ne sais pas s'il est
toujours en activité. Je vais l'appeler et prendre
un rendez-vous. Qu'elle laisse le numéro de
téléphone de Jules, je l'appellerai ensuite. »

Archibald retourna vers le combiné du
téléphone.

« C'est bon Georgette, Simone va appeler son
ami. Pourrais-tu néanmoins me laisser le
numéro de Jules pour que Simone puisse
l'appeler après ? »

Georgette s'exécuta et Archibald pris note. Elle rajouta :

« Tu remercieras Simone de ma part, bonne journée Archibald. »

Archibald retourna dans la cour auprès de Simone et la questionna :

« T'exagères quand même, mais qui est cet ami avocat que tu connais ? »

« C'était un ami de mon frère Georges. Lorsqu'il a fait ses études de notaire, il avait été obligé d'aller dans une école pour faire du droit et là-bas il a rencontré Gustave. Il venait parfois à la maison manger et faire des soirées. »

« Il travaille sur Angoulême ? » demanda Archibald.

« Non il est sur Saintes, mais je ne sais même pas s'il est à la retraite ou s'il travaille encore, je ne l'ai pas vu depuis très longtemps. »

« C'est pour ça que je ne le connais pas et que tu ne m'en a jamais parlé ? »

« C'est un ami de Georges à la base mais bon, qu'arrive-t-il à Jules ? » dit Simone.

« Georgette m'a dit, qu'il avait un problème avec un contrat de travail. »

« Je le contacterai dès lundi. »

Simone et Archibald finirent leurs verres et Archibald parti. Le lundi arriva, Simone appela le secrétariat du cabinet de maître Momet.

« Secrétariat du cabinet de maître Momet, bonjour ! »

« Bonjour ! Je souhaiterais obtenir un rendez-vous avec maître Momet Gustave s'il vous plaît, si ce dernier est toujours en activité. »

« Je vous confirme qu'il est toujours en activité mais pour très peu de temps, c'est sa fille qui va reprendre le cabinet, attendez un moment que je regarde. » La Secrétaire vérifia le planning : « alors j'aurai de la place le mois prochain ? »

« C'est beaucoup trop loin » dit Simone.

« Ce sont les délais madame. »

« Pourriez-vous lui dire que Momone d'Angoulême a téléphoné. Je vais vous laisser mon numéro de téléphone s'il pouvait me rappeler dès qu'il aurait un moment bien sûr. »

« Oui si vous voulez. » La Secrétaire prit son numéro de téléphone.

« Merci madame, bonne journée » dit Simone.

A peine une heure plus tard, le téléphone de Simone sonna :

« Allo ? »

« Momone d'Angoulême !!!!! »

« Gustaveeeeeee, comme je suis contente de te parler ! »

« Comment vas-tu et ton frère Georges ? » demanda l'avocat.

« Je vais bien merci, quant à mon frère, il est à La Rochelle. Il a ouvert son étude de notaire, il travaille encore deux ans et il prend sa retraite.

Il vient me voir une fois tous les cinq ans, il n'a jamais le temps et toi alors ? »

« Pareil, encore deux ans et je prends ma retraite. Ma fille Nina va reprendre le cabinet, elle est avocate aussi. Mais que me vaut cet entretien ? »

« Ce n'est pas pour moi mais pour un jeune homme prénommé Jules. Je le connais depuis tout petit, c'est mon filleul et il a un problème avec son contrat de travail, il aurait besoin de tes conseils. »

« Peux-tu venir à mon cabinet avec lui ce tantôt à 16h ? »

« Oui je pense, je vais l'appeler de suite et nous viendrons. »

« Bien à tout à l'heure Simone. »

« Merci beaucoup Gustave et ad ta l'heure. »

Simone appela Jules :

« Bonjour mon grand, ta mère m'a dit que tu avais un souci avec ton travail ? J'ai appelé un ami avocat, il veut bien te recevoir ce tantôt à 16h, serais-tu d'accord ? »

« Bonjour marraine, oui je serai présent et merci pour ton aide. »

« Pas de quoi mon grand, on se retrouve chez moi vers 15h, nous avons une heure de route. »
« D'accord. »

Arrive 15h et Jules se présenta à la porte de Simone.

« Bonjour marraine, on y va ? »

« Oui mon grand, je suis prête. Va tout beun à neu ?[1] Mais tu as tant grandi. » Jules dépassé 1m80, il était menu avec sa chevelure brune et longue, il en faisait même une queue de cheval comme les filles. C'était la mode et le monde de la musique était un monde particulier où les jeunes étaient débraillés de style.

Dans la voiture, Jules commença à parler de sa mère Georgette.

[1] *Va tout beun à neu* : ça va bien aujourd'hui

« Je ne comprends pas ce qu'il se passe avec maman, ni Emilien d'ailleurs, quel est le problème ? »

« Ce sont des histoires d'adultes, ne t'en mêle pas. »

« Je suis triste et maman aussi, pourrais-tu essayer de lui parler et de vous expliquer ? »

« Je vais y réfléchir mon grand, mais dis-moi quel est ton problème avec ton patron ? »

« Il est nouveau et il nous cherche des problèmes. J'aimerai savoir s'il peut changer les modalités de mon contrat de travail comme ça lui chante ? »

« Gustave te le dira et t'aidera, t'inquiètes mon grand. »

Arrivés au cabinet, Jules et Simone entrèrent, Gustave les attendait. C'était un avocat grand, costaud, imposant avec une voix grave. Jules en était impressionné.

« SI-MO-NE, je suis ravi !!!! »

« Et moi donc !!!! »

Les deux amis se prirent dans les bras.

« Entrez dans mon bureau. »

Tout le monde s'installa.

« Que puis-je faire pour vous ? »

Jules tendit son contrat de travail à Gustave et lui dit :

« Notre radio ST CHARENTE a été racheté et le nouveau patron, Robert Manier, nous a changé nos plages horaires d'antenne. Je faisais 14H-17H et là, il vient de me changer pour 5H-7H du matin. La plage horaire ne me convient pas, je passe de la musique que personne n'écoutera à cette heure-ci. Je fais gagner des jeux mais personne ne téléphonera, beaucoup de monde dors encore à 5h. Je parle également du trafic et des bouchons mais à cette heure-ci, il n'y en aura pas. Bref, rien ne va et j'aimerai savoir s'il a le droit de faire ça ? »

Maître Momet le regarda :

« Je suis désolé Jules, ce contrat est béton. Il a le droit de te changer ta plage horaire et si tu démissionne, pendant deux ans tu n'auras pas le droit d'aller à la concurrence. Si tu étais venu me voir avant, jamais je ne t'aurais laissé signer ce contrat de travail. »

« On ne peut rien faire ? » dit Simone.

« Malheureusement non, il est coincé » dit Gustave.

« Merci d'avoir regardé maître, je vais faire avec pour l'instant » rajouta Jules un peu déçu.

Simone et Jules se levèrent.

« Merci Gustave pour ton aide. »

« Je n'ai rien fait Simone, mais restons en contact. »

« Bien sûr, on s'appelle, à bientôt Gustave. »

Simone et Jules remontèrent en voiture en direction d'Angoulême.

« Ça va mon grand ? » lui demande Simone dans la voiture.

« Je suis un peu dégouté, mais si je n'ai pas le choix, je vais continuer à travailler et m'adapter. »

« Je suis sûr que ça finira par s'arranger. »

« Faut l'espérer » rajouta Jules.

Arrivés devant la maison de Simone, Jules se gara et devant la porte se tenait Archibald et Georgette. Simone descendit de la voiture et ronchonna :

« Bougre de femme, que fais-tu ici ? Sur mes terres ? »

« Marraine, s'il te plait, pas maintenant !!! »

D'un soupire Simone acquiesça. Georgette se dirigea vers Jules.

« Alors tout va rentrer dans l'ordre ? » demanda Georgette à son fils.

« Non maman, maître Momet ne peut rien faire, mais t'inquiète je vais travailler avec les nouvelles conditions et ça va aller. »

« Merci Simone, merci pour mon fils. »

« Tu l'as dit, pour ton fils. »

« Nous allons partir » dit Georgette.

« C'est ça, bon vent » rajouta Simone.

« Ça suffit Simone » s'écria Archibald.

« Laisse » dit Georgette, « c'est très gentille de sa part de nous avoir apporté son aide, surtout à Jules. »

« À bientôt et merci » dit Georgette.

« À bientôt marraine, salut Archibald. »

« Salut mon grand » dirent Simone et Archibald.

Jules et Georgette partirent et Archibald entra chez Simone.

« Pauvre drôle, il est tout triste » rajouta Simone.

« Il a rien pu faire ton ami avocat ? » répliqua Archibald.

« Non, le contrat de travail est en béton. »

« Écoute ne t'en fais pas pour lui, il s'en sortira. Pour te changer les idées, je t'invite au restaurant ce soir, je t'invite chez *Le Crevettier* » dit Archibald.

« Excellente idée Archibald, j'accepte avec plaisir. »

« Je rentre faire deux ou trois petites choses, je me change et je repasse te chercher à 19H, fais-toi belle !!! »

« Comme d'habitude Archibald. »

« NON !!!! Surtout pas comme d'habitude, surprends moi mais pas trop non plus » lui dit-il d'un air malicieux et partit.

Simone s'assit un instant et réfléchissait à Jules. Elle était vraiment triste pour lui, elle se leva est partit à ses occupations. Le soir arriva, Archibald vint chercher Simone, il se gara devant chez elle, mit sa tête contre le volant avec ses mains en se demandant : « mais comment va-t-elle se présenter ce soir ? » En levant les yeux au ciel. Il sortit de sa voiture et sonna à la porte, Simone ouvrit.

« Oh mon dieu !!!! » s'écria Archibald.

« Jolie n'est-ce pas ? »

« Je ne dirai pas trop ça moi !!! Mais je ne trouve pas de mots non plus » répliqua Archibald.

Simone avait mis une robe longue serrée au corps de couleur rouge avec des fleurs jaunes et un châle blanc. Ce n'est pas ce qui lui allait de mieux, ni la mettait en valeur.

« Dis-moi Simone, tu ne voudrais pas t'habiller normalement ? Tu sais *Le Crevettier* n'est pas un restaurant 3 étoiles ? Un pantalon et une chemise seraient peut être mieux et tu serais plus à l'aise ? »

« Quoi, ça ne me va pas ? » dit-elle en se regardant.

« Écoute sincèrement, non !!!!! On dirait un gros poisson rouge avec des étoiles de mers. »

« Je te remercie pour ta sincérité, ça me blesse mais...... » Sans avoir le temps de finir sa phrase, Archibald repris :

« Écoute Simone, tu as visiblement un problème dans ta façon de t'habiller. Personne n'a jamais osé te le dire mais en tant que meilleur ami, je me dois d'être honnête avec toi. Ne te vexe pas, j'essaie juste de t'expliquer quelque chose pour t'aider à améliorer ta tenue vestimentaire. »

« Bien, je vais me changer » répliqua Simone un peu triste des propos d'Archibald.

Elle mit une robe cuisine bleu marine avec son châle blanc.

« Ça va mieux là ????? »

« Oui, écoute je voulais te sortir car tu as été fragilisé par Jules aujourd'hui et moi je viens

d'en rajouter une couche, je suis désolé »
rétorqua Archibald.

« C'n'est pas grave, tu as été sincère et c'est
pour cela que tu es mon ami, on y va ? »

« Allez princesse montait dans le carrosse. »

Tous deux partirent au restaurant se trouvant à
La Rochette, petite commune non loin du
village de Saint-Ciers-sur-Bonnieure où habitait
Simone. La spécialité de ce restaurant était la
cagouille.

Une fois au restaurant et installés, les deux amis
se détendirent, parlant de tout et surtout en
rigolant. Simone vit trois personnes entrer dans
le restaurant et s'installer dans l'arrière salle.

« Il y a des privilégiés ici, ces trois personnes
sont entrées et ils ont été installés dans l'arrière
salle !!! »

« Simone commence pas, ils ont dû réserver et
souhaite être au calme. »

« Ah bah, un autre homme est rentré » s'étonna Simone.

« Mais quelle curieuse !!!!!! Si ça se trouve, il y en a d'autres qui vont arriver ? »

« C'est bizarre, ils ne paraissent pas à l'aise, chacun est habillé différemment, donc cela ne peut pas être une réunion. »

« T'es enquiquinante Simone mais je te reconnais bien là ! A mettre ton nez partout, j'ai l'impression que ton moral est remonté ? »

« C'est vrai, ça m'a fait du bien même si ce soir il n'y avait pas de cagouilles malgré que ce soit la spécialité de la maison. »

Les deux finirent de manger et rentrèrent.

Le lendemain, le téléphone de Simone sonna, elle décrocha, c'était Georgette :

« Simone, ils ont arrêté Jules.... »

« Quoi ! Je ne comprends rien !!! »

« Émilien, il a arrêté Jules. »

« Et pourquoi ça mon fils aurait arrêté le tien ? » s'étonna Simone.

« Son patron, il a été assassiné cette nuit à 2h30 d'une balle dans la tête et c'est Jules qui est accusé du meurtre. Il faut que tu m'aides. »

« Je file au commissariat voir Émilien. »

Simone prit son vélo. Elle avait pris l'habitude de mettre le cycliste que lui avait offert Archibald afin que l'on ne voit pas sa culotte, car elle remontait encore sa robe jusqu'aux cuisses. Elle détestait le mettre, ça lui collait et lui rentrait dans le derrière comme elle disait, mais elle avait compris qu'en pédalant, les habitants voyaient ses parties intimes. Simone arriva au commissariat, elle entra comme une bombe qui allait exploser.

« Maman, que fais-tu là ? » lui demanda Émilien.

« Georgette m'a appelé, tu as arrêté Jules ? »

« Oui malheureusement et crois-moi que ça a été très difficile. »

« Georgette m'a dit que le patron de Jules a été retrouvé mort, assassiné ? »

« Oui et je te vois venir, ne mets surtout pas ton nez là-dedans !!! »

« Mais Émilien tu sais que ce n'est pas lui, il n'aurait jamais fait de mal à une mouche ? »

« Je sais, malheureusement on a retrouvé l'arme du crime chez lui, j'ai donc été obligé de l'arrêter. Il nie les faits et le Procureur veut que je le défère au parquet. »

« Bouge-toi ! Fais quelque chose ! » lui dit-elle.

« C'est ce que je compte faire maman, je sais très bien que Jules n'a rien fait et je vais enquêter. En attendant il lui faudrait un bon avocat. »

« J'appelle Gustave, il va venir l'aider. »

« Gustave ton ami avocat ? » demanda Émilien.

« Oui, Jules l'a vu hier pour un problème de contrat de travail et je suis persuadée qu'il l'aidera. »

« Alors fais vite car je dois amener Jules au Tribunal. »

« Donne-moi ton téléphone, je vais l'appeler immédiatement. »

Émilien donna son téléphone à sa mère et composa le numéro de téléphone de maître Momet.

« Cabinet de maître Momet, bonjour ! »

« Bonjour je suis Simone, je suis venue hier voir Gustave enfin maître Momet. Je dois lui parler au plus vite, c'est une urgence !!! »

« Attendez un instant s'il vous plaît ! »

« Madame, je vous le passe. »

« Simone, que se passe-t-il ? »

« Le jeune homme avec qui je suis venue hier, Jules, il vient d'être arrêté. Il est accusé de meurtre. »

« De meurtre ? »

« Oui de son patron, et là, il est différé au Tribunal. Gustave il faut que tu l'aides !!! »

« J'arrive immédiatement, on se rejoint au Tribunal. »

Émilien emmena Jules au Tribunal pour être entendu par le juge. Arrivés sur place, maître Momet venez d'arriver à son tour.

« Maître, je suis Émilien, le chef de la police. Vous êtes apparemment un ami de ma mère et je vais être honnête avec vous, je ne crois pas un seul instant que Jules ait tué cet homme. »

« C'est pour ça que je suis là, je vais l'aider et on va même l'innocenter. Jules ne t'inquiète pas » lui dit l'avocat en posant sa main sur l'épaule du jeune homme menotté.

Émilien, l'avocat et Jules montèrent dans le bureau du juge et s'assirent. Pendant ce temps-là, Simone, Archibald et Georgette attendaient dehors devant le Tribunal. Georgette pleurait beaucoup et Archibald fit signe à Simone d'aller lui parler. Simone lui répondit non de la tête mais Archibald insista et Simone finit par aller voir Georgette.

« Arrête de chialer !!! Jules est avec Émilien. Il ne laissera pas le juge le mettre en prison et Gustave est avec eux, c'est le meilleur avocat en droit du travail et pénaliste. Ils vont sortir ton fils de là, t'inquiète pas » lui dit Simone.

« J'espère » répondit Georgette en pleurant, « je n'ai que lui » reprit-elle en s'effondrant, « j'ai les monges ».[2]

« Je sais mais ce n'est pas en chialant que tu l'aideras ton fils !!! »

Entendant la délicatesse des mots de Simone, Archibald lui donna des coups de coude dans son bras afin de lui faire comprendre d'être un peu plus docile avec Georgette. Simone le regarda avec un sourire narquois et rajouta : « Ma chère, ne cache pas tes pleurs, cesse de t'en défendre, c'est de l'humanité la marque la plus tendre » répliqua Simone avec douceur.

---

[2] *J'ai les monges* : j'ai peur

Georgette leva la tête rapidement et regarda Simone étonné quant à Archibald, il tourna sa tête en direction de Simone ébahie par les paroles.

« Qu'avez-vous donc à me regarder comme ça ? » demanda Simone.

« Mais ça ne va plus Simone !!!!! s'exclama Archibald, « c'est quoi cette façon de parler ? »

« C'est du Voltaire !!!!!!! tu m'as fait comprendre que je devais être plus docile » s'écria Simone « et puis merde, soit j'en fait trop ou pas assez.»

« Tu es incorrigible » lui répondit Archibald.

« Patientons dans le calme » rajouta Georgette.

Dans le bureau du Juge :

« Monsieur Frontier Jules, vous êtes accusé d'homicide volontaire sur la personne de Robert Magnier, qu'avez-vous à me dire ? » questionna le juge.

« Madame le juge, je ne l'ai pas tué, ce n'est pas moi » répliqua Jules.

Pendant ce temps-là maître Momet feuilletait les procès-verbaux et les preuves trouvées.

« Madame le juge, puis-je me permettre ? » demanda Gustave.

« Allez-y maître. »

« Je vois qu'on a accusé mon client sur la simple preuve qu'on est trouvé chez lui l'arme du crime mais aucune empreinte n'a été retrouvé et le numéro de série de l'arme est effacé. Il est donc compliqué de l'accuser de ce meurtre, n'importe qui aurait pu mettre cette arme chez lui ? »

« C'est vrai maître, mais de forts soupçons pèsent sur lui. »

« Lesquels ? »

« Nous avons un enregistrement maître où monsieur Frontier Jules menace délibérément monsieur Robert Magnier de vouloir le tuer. »

« Entre le dire et le faire il y a un grand pas
madame le juge et ça ne constitue pas une
preuve. »

« C'est pour cela que je ne vais pas le mettre en
détention provisoire. Je vais le laisser en liberté
sous contrôle judiciaire mais il devra se
présenter la semaine prochaine à l'audience. Je
vous transmets la date de convocation. »

« Merci madame la juge. »

Émilien, Gustave et Jules sortirent du Tribunal
où les attendaient Simone, Archibald et
Georgette.

« Oh Jules tu es sorti ? » s'écria Georgette,
soulagée.

« Je te l'avais dit » dit Simone, « tu peux arrêter
de chialer maintenant. »
Archibald regarda Simone en soupirant et en lui
disant à voix basse : « Es-tu vraiment obligée
d'être désagréable dans un tel moment ? »

« Bon maintenant il va falloir trouver des preuves pour l'innocenter mais surtout trouver le vrai coupable » explique Gustave. « Etes-vous prêt à m'aider ? » demanda l'avocat à Émilien.

« Oh que oui maître. »

« Jules, je vous conseille d'aller dormir chez votre maman et d'y rester. Surtout, vous ne sortez pas de chez elle et ne parlez à personne, je viendrai cet après-midi vous voir et je vous poserai des questions » expliqua Gustave.

« D'accord maître » lui répondit-il, timidement.

Ils repartirent tous chacun de leurs côtés. Simone et Archibald rentrèrent boire un verre chez elle et Émilien les suivait.

Une fois arrivés dans la maison de Simone, cette dernière se tourna vers son fils et lui demanda :

« Qu'en penses-tu Émilien ? »

« Jules n'a rien fait, j'en suis certain mais il va falloir que j'enquête. Il faut que je commence par l'arme.

Je vais voir avec Anne, elle était criminologue sur Paris, elle a peut-être gardé des relations qui pourrait nous amener à un nom. En attendant maman je te demande de ne pas mettre ton nez dedans. »

« Je n'y compte pas cette fois-ci. »

« Bah voyons !!!! »

L'après-midi arriva et tout le monde arriva chacun leur tour chez Georgette et Jules : Gustave, Émilien ainsi que Simone et Archibald. Georgette proposa du café à tout le monde. Simone l'aida et elles se dirigèrent toute les deux vers la cuisine.

« Je te remercie Simone pour tout ce que tu fais, j'aimerai qu'on puisse parler un peu ensemble » demanda Georgette.

« Alors là n'y compte pas, je ne suis là que pour ton fils. »

« Est-ce que tu pourrais au moins me dire ce que je t'ai fait ? »

« Tu le sais très bien !!! » répliqua Simone d'un ton sec et froid.

« Non justement, il serait bien que tu commences à m'expliquer ? Cette fâcherie dure depuis trop longtemps maintenant. »

« Bougre que tu veux m'énerver aujourd'hui ? »

Le ton commença à monter entre les deux femmes. Jules, Gustave, Émilien et Archibald qui se trouvaient dans le salon les entendaient. Archibald décida d'aller les rejoindre dans la cuisine et leur dit :

« Ça suffit toutes les deux, c'est vergougnoux !!!![3] Il y a un autre vrai problème. Vos histoires on s'en contrefiche alors, soit vous vous expliquez une bonne fois pour toute, soit vous vous taisez !!! »

« Je préfère me taire » dit Simone.

---

[3] *C'est vergougnoux* : C'est honteux

Georgette et Simone finirent de préparer le café dans le silence sous le regard d'Archibald. Georgette apporta le café une fois fini, Simone les tasses et Archibald les précédait avec le sucre.

Maître Momet commença :

« Jules, toutes les preuves sont contre toi et le fait que tu l'ais menacé ne t'aide pas. »

« Je sais maître, mais j'étais à la radio et il m'a dit des choses horribles. Il a tout fait pour m'énerver et je n'ai pas pu me retenir, je l'ai menacé, je ne savais pas qu'il m'enregistrait. »

« Bon, le rapport dit qu'il a été tué chez lui à 2h30 avec une balle dans la tête, ça ressemble à une exécution. Qui aurait pu lui en vouloir à part toi ? »

« Tous les animateurs de la radio. Nous sommes quatre et il avait changé la plage horaire de tout le monde. »

« Émilien, pensez-vous avoir des renseignements sur cet arme ? »

« Le numéro de série a été effacé, ce qui signifie que c'est une arme qui a été vendu au marché noir. Il faudrait se renseigner dans les fichiers de ceux qui ont déjà été arrêté pour vente d'armes illégales, pas sûr que l'on trouve quelque chose. »

« Vérifiez quand même, lui dit l'avocat. En attendant, il faut se renseigner sur les trois autres animateurs de radio : leurs vies, leurs alibis etc...... Émilien, je vous laisse le soin de vérifier tout ça. »

« C'est comme si c'était fait maître. »

« Je vais prendre une chambre ici, je ne veux pas faire sans cesse les allers-retours entre Saintes et Angoulême même si ce n'est qu'une heure de trajet. Nous avons une semaine pour élucider ce meurtre et t'innocenter sinon tu passeras tes prochains jours derrière les barreaux.

Dès que vous avez des informations, venez me les transmettre de suite » expliqua l'avocat.

« Pas de souci maître » répondit Emilien.

« Au travail alors » lança l'avocat.

Émilien se leva et parti à la pêche aux renseignements. Quant à maître Momet, il demanda l'adresse d'un hôtel mais Simone lui proposa son hospitalité et il accepta volontiers. Arrivé au commissariat, Émilien s'approcha d'Anne sa collègue.

« Alors, qu'a fait le juge avec ce truand ? » lui demanda-t-elle.

« En liberté, en attendant l'audience la semaine prochaine » répondit Émilien.

« C'est dingue ! On a toutes les preuves, on amène un meurtrier et la justice le libère ! Que veut-elle de plus ? »

« Écoute Anne, j'ai besoin de toi. Les numéros de série de l'arme du crime ont été effacés, c'est une arme qui a été vendu au marché noir. Pourrais-tu te renseigner du côté de Paris pour avoir des infos ? »

« Je ne comprends pas ! Le procureur t'a demandé des recherches supplémentaires sur cette arme ? »

« Non c'est moi. Je connais Jules et je ne le crois pas coupable. »

« Attend Émilien, tu essais de faire quoi là, d'innocenter ce meurtrier ? Notre travail est de chercher les meurtriers, des preuves, et de les transmettre à la justice qui les jugent. »

« T'es payé par la police pour faire chier ton monde ? Ou tu fais du bénévolat ? Notre travail bordel !!! Mon travail c'est de chercher la vérité, de trouver des preuves mais pas celles toutes prêtes, d'approfondir un dossier, de vérifier afin qu'un innocent n'aille pas en prison » s'écria Émilien. « On est des flics, on se doit de trouver la vérité et d'être certain.

Ce gamin je le connais depuis tout petit, je sais qu'il n'a rien fait, les preuves sont contre lui mais elles sont peut-être trop évidentes. »

« Je ne marche pas Émilien, on est censé travailler avec le procureur, donc si on doit chercher des éléments supplémentaires dans ce dossier, c'est pour accabler ce meurtrier pour que le procureur est un dossier solide, je ne travaille pas avec la partie adverse. Je devrai en avertir le procureur mais je ne vais pas le faire, mais ça sera sans moi. »

« Anne, tu es un bon flic mais qu'est-ce que tu peux être chiante. Pourquoi tu es devenue flic ? Pour arrêter les méchants, protéger la population et faire régner l'ordre. Tu t'entêtes à suivre comme un toutou la voie hiérarchique. J'ai grandi ici, je suis né ici, je connais presque tout le monde et Jules n'a rien fait. Je suis devenu flic pour protéger les habitants, rechercher les coupables pour qu'ils soient emprisonnés, faire mon taf tout simplement.

Tu as raison, entre la campagne et Paris, il y a un grand fossé. Tu en as tellement vu à Paris que tu finis par croire sur parole les gens et tu survoles tes dossiers. »

« Je t'interdis de dire ça Émilien, je n'ai jamais fait condamner un innocent. »

« Ça fait un an que tu es là, ton premier dossier tu as failli envoyer un patron de magasin de vélo en prison alors que je m'efforçais de te dire qu'il était innocent dès le début. »

« C'est vrai mais je venais d'arriver, il fallait que je prenne mes marques. Les habitants n'étaient pas causant avec moi. Dans ce dossier ce môme est bien le meurtrier. »

« Comment peux-tu en être sûre ? L'arme n'est pas répertoriée, les numéros de série ont été effacés, n'importe qui a pu la déposer chez lui. »

Anne Carmaux mit ses doigts sur son front en le frottant.

« C'est vrai tu as raison, je peux me renseigner »
dit Anne, « j'ai gardé des relations, un ancien
collègue pourrait me donner des infos voir un
nom. »

« Merci Anne, je te demande juste de faire ton
boulot de flic. »

Chez Simone, maître Momet s'installa avec sa
valise, il était émerveillé par la bâtisse, le calme
et les vignes. Simone l'installa dans la chambre
d'amis et tous deux prirent ensuite l'apéro dans
la cour.

« Dis-moi Simone, raconte-moi un petit peu tes
dernières années alors. »

« Oh tu sais, j'étais mariée avec Marcel qui était
viticulteur. Il est décédé et aujourd'hui je vis
seule, j'ai mon fils Émilien et puis Archibald mon
ami, et toi alors ? »

« J'étais marié aussi à Marinette, elle est
décédée d'un cancer. J'ai passé mon temps
dans le cabinet à travailler, à défendre des gens.

J'ai ma fille Nina qui est devenue avocate aussi, dans deux ans je prends ma retraite et c'est elle qui va reprendre le cabinet. Et au fait ton frère, qu'est-il devenu ? »

« Georges va bien. Il a son étude de notaire à La Rochelle comme je te l'ai dit la dernière fois. Il vient une fois de temps en temps quand il peut, quand il a le temps. Il n'est pas marié et n'a pas d'enfants. »

« Il m'est arrivé de le rencontrer sur certains dossiers de divorces, les couples se bagarraient le partage de leur maison mais c'était il y a fort longtemps. Il faudrait que je l'appelle pour prendre de ses nouvelles. »

Les deux amis continuèrent à discuter du bon vieux temps. Pendant ce temps-là, Émilien et Anne cherchaient des informations.

« Émilien, j'ai eu une information par un collègue de Paris. Un certain Christophe Bivoute était dans le fichier pour vente d'armes illégales et il habite à Mansle, il est patron d'un bar. »

« Mansle ? C'est un village dans le département de la Charente non loin d'ici. C'est bien Anne, je vais lui rendre une petite visite, tu veux venir ou pas ? »

Anne hésita :

« Et puis merde, on est flic, on se doit de découvrir la vérité. »

« Et toi, qu'as-tu trouvé ? » demanda Anne à Émilien.

« Des choses très intéressantes également mais je te raconterai tout dans la voiture. »

Anne et Émilien partirent en direction de Mansle. Dans la voiture, Émilien raconta à Anne ses recherches.

« Il y a trois autres animateurs dans cette radio. Michel Champs qui s'occupe de la partie sport. J'ai découvert qu'il était sportif professionnel, un joueur de tennis, et lors d'un match, Robert Magnier qui était présent et allé le voir à la fin de sa partie et lui a reproché d'avoir mal joué.

Michel Champs s'est énervé et a mis son poing dans la figure de Robert Magnier. Peu de temps après, Michel Champs a été agressé par deux hommes qui lui ont cassé les deux bras. Sa carrière professionnelle s'est arrêtée là et il est devenu animateur. Malheureusement aucun élément de preuve n'a pu prouver que Robert Magnier était derrière l'agression de Michel Champs.

Il y a ensuite Catherine Lilenoit, elle s'occupe de la partie cuisine, elle donne des recettes à l'antenne. Et pour finir Didier Poutarde qui s'occupe de la politique à l'antenne. Son ex-femme est actuellement mariée à Robert Magnier. »

« Cela signifie que Didier Poutarde et Michel Champs avaient eux aussi un mobile pour tuer Robert Magnier ? »

« C'est exact. »

Arrivés devant le bar, Anne et Émilien descendirent de la voiture et entrèrent dans le bar qui ressembler à une maisonnette en bois.

« Christophe Bivoute ? »

« Oui, c'est moi ! »

« Police ! » en montrant leurs cartes.

« Que puis-je faire pour vous ? »

« Nous recherchons un vendeur d'armes. »

« Holà ! Moi j'ai quitté Paris, j'ai arrêté les conneries. Je suis venu dans ce village pour être tranquille, donc je ne suis pas la personne que vous recherchez. »

« Ça nous aurait étonné. »

« Qui aujourd'hui est sur le marché des armes illégales ? »

« Je n'en sais rien, je me suis rangé je vous dis. »

« Bon écoutez, dans tout le département de la Charente, vous êtes le seul qui ait un casier sur le trafic d'armes illégales, donc soit vous nous parlez soit on vous embarque au commissariat. »

« Mais vous n'avez pas le droit, je n'ai rien fait. »

« Allez, on vous embarque ! »

« Non, non, non, non, attendez ! J'ai peut-être gardé une arme pour me défendre et que j'ai peut être vendu à quelqu'un. »

« Ah bah voilà, nous avançons. »

« À qui l'avez-vous vendu ? »

« Je ne sais pas, je n'ai pas son nom et je n'ai pas vu son visage. Je devais laisser l'arme dans la poubelle derrière le bar et je devais récupérer une somme d'argent dans cette même poubelle. »

« On vous arrête pour vente d'arme illégale et complicité de meurtre. »

« Quoi ? Quel meurtre ? »

« Fallait réfléchir avant de la vendre, votre arme a servi à assassiner quelqu'un » dit Anne.

Émilien sortit du bar, et s'interrogea :

« Et si cette arme avait été vendue à l'un des trois autres animateurs ? »

« Possible dit Anne, mais il a pu la vendre à ton protégé Jules ? »

« Allons transmettre ces éléments à maître Momet. »

« Je ne peux pas » dit Anne, « on ne peut pas travailler pour l'avocat qui défend le meurtrier qu'on a arrêté et qui risque d'être condamné par la justice ? »

« Je ne travaille pas pour lui, je lui donne les infos que nous avons comme je vais également les transmettre au procureur. »

« Et où se trouve-t-il ? » demanda Anne.

« Chez ma mère » répondit Émilien.

« Génial !!!!! C'est le pompon et que fait-il là-bas ? Elle va nous la rejouer miss Parple ? »

« Commence pas, c'est un ami de ma mère et qui a accepté d'aider Jules. »

Émilien et Anne partirent en direction de chez Simone. A leur arrivée Simone et Gustave étaient à l'apéro dans la cour, ils se détendaient, rigolaient.

« Bonjour les enfants, comment ça va ? »

« On a trouvé des informations maître. »

« Je vous écoute. »

Émilien raconta ce qu'il avait trouvé sur les trois animateurs de la radio et sur l'arme du crime.

« Malheureusement, on z'ou acacher rabistoquer »[4] dit maître Momet.

Anne qui ne comprenait rien du tout, faisait semblant de comprendre avec le sourire.

[4] **On z'ou acacher rabistoquer** : on ne peut pas s'appuyer sur quelque chose de rafistoler

« Rien ne relie cette arme à ces trois animateurs, il faut envisager toutes les pistes » rajouta maître Momet. « Je vais quand même leur envoyer une convocation à comparaitre au Tribunal. »

« Je vous laisse une copie de leur dossier maître. »

Émilien les déposa sur la table, Simone se mit à les contempler.

« Te gène surtout pas maman ? »

« Attends un peu voir mais....... »

« Mais rien du tout » répliqua Émilien.

« Mais laisse-moi parler » rajouta Simone.

« Oh non, je ne veux surtout pas que tu mettes ton nez là-dedans cette fois-ci. »

« Est-ce que...... » Sans même finir sa phrase, Émilien la coupe une fois de plus.

« Est-ce que rien du tout, tu ne te mêles de rien » s'écria Émilien fortement.

« Très bien, très bien. Ne crie pas.»

« Maître, nous allons continuer nos recherches » dit Émilien.

« Et moi, je vais préparer mes convocations à comparaitre » reprit maître Momet.

« Eh bien moi, je vais appeler Archibald et aller me promener un petit peu » dit Simone à son tour.

« En voilà une bonne idée maman. »

Émilien et Anne partirent. Dans la voiture, Anne lui demanda ce que maître Momet avait dit en patois. Émilien lui expliqua qu'il ne pouvait pas s'appuyer sur ces éléments de preuves qui étaient trop peu éloquentes. De son côté, maître Momet se leva pour préparer ces convocations et Simone téléphona à Archibald.

« Archibald, il faudrait que tu viennes à la maison j'ai besoin de toi. »

« Pourquoi ? »

« Faudrait qu'on aille chez Georgette. »

« Chez Georgette ? Mais tu ne peux pas te la voir alors pourquoi voudrais-tu aller chez elle ? »

« Ce n'est pas elle que je veux voir, c'est Jules. »

« Ah d'accord, et bien je viens te chercher. »

« Merci Archibald, à tout à l'heure. »

Une demi-heure plus tard, Archibald arriva chez Simone. Elle sortit de chez elle et monta dans la 2 CV.

« Tu t'inquiètes beaucoup pour Jules ? » s'interrogea Archibald dans la voiture.

« Oh oui, mais il faut que je lui pose une question. »

« Laquelle ? »

« Tu sais les trois personnes que nous avons vu au restaurant *Le Crevettier* à La Rochette le soir ou nous avons mangé, Émilien a fait des recherches sur les trois animateurs de la radio et il me semble bien qu'il s'agissait de ces trois personnes que nous avons vu au restaurant. »

« Et pourquoi tu n'en as pas parlé tout simplement à ton fils ? »

« J'ai essayé mais il refuse de m'écouter. Je vais demander à Jules des photos de ses trois autres collègues et je verrai bien s'il s'agit des trois personnes que nous avons vu au restaurant. »

« Je sens que tu vas mettre les pieds là où il ne faut pas ! »

« On refuse de m'écouter, je suis bien obligée de vérifier par moi-même. »

« En route Simone !!!!!!!! »

Simone et Archibald partirent en direction de chez Georgette qui habitait Coulgens, village voisin de chez Simone.

Arrivés sur place, les deux amis sonnèrent.

« Simone, Archibald, je suis contente de vous voir, entrez. »

« Ce n'est pas toi que je suis venue voir mais Jules » répondit Simone d'un air très désagréable.

« Écoute Simone, je te remercie de l'aide que tu nous apportes mais si c'est pour être une pignouf,[5] je n'ai franchement pas besoin de ça en ce moment » répliqua Georgette.

« T'as fini de faire ton caliméro ! » cria Simone.

« Hé mais si tu n'es pas contente, tu peux repartir » rétorqua Georgette.

« ÇA SU-FFIT, y'en a marre » cria Jules. « Ma vie se joue à un fil et la seule chose à laquelle vous pensez c'est de vous chamailler pour un oui ou un non !!!!! »

---

[5] *Une pignouf :* une personne grossière

« Je m'excuse mon grand » dit Simone, « de même » dit Georgette.

« Jules, je suis venue te voir car j'aimerai savoir si tu as des photos de tes trois collègues de la radio ? »

« Oui j'en ai, nous faisons des affiches de publicité parfois et nos têtes sont dessus, mais pourquoi ? »

« Tu peux me les montrer ? »

Jules s'exécuta et alla chercher les affiches dans sa chambre.

« Tiens marraine mais je ne vois pas en quoi cela peut t'aider ? »

Simone les regarda. Sa bouche et ses yeux s'écarquillèrent.

« Regarde Archibald. »

« Mais ce sont........ »

« Chut » dit Simone.

« Merci mon grand. »

« Simone qu'as-tu vu ? » demanda Georgette.

« Rien de concret mais il faut que l'on parte, nous devons aller au restaurant *Le Crevettier* à La Rochette. »

« Vous ne voulez pas in p'tit verr'de cougnat[6] avant de partir ? » demanda Georgette.

« Non, nous sommes très pressés. Je voulais juste vérifier auprès de Jules, les visages de ses collègues. »

Pendant ce temps-là, Émilien cherchait des informations avec Anne au commissariat. Il était pensif.

« Bah alors, on a la tête dans les nuages ? » demanda Anne.

« Non, juste une mauvaise impression. »

« Laquelle ? »

[6] *In p'tit verr'de cougnat :* un petit verre de cognac

« Ma mère !!!!!! »

Anne se mit à rire.

« Ho ta mère, on la connaît maintenant !
Emmerdeuse pas finie, à la retraite, elle
s'emmerde tellement qu'elle joue à miss
Parple. »

« Certes ma mère est un peu chiante mais de là
à dire que c'est une emmerdeuse et l'humilier,
c'est un peu trop pour moi car depuis un an que
tu vis ici, tu n'as pas remarqué encore que tu
étais à la campagne et plus au bois de
Boulogne. »

« Alors là, tu me le paieras » répondit Anne.

« T'as voulu commencer, tu n'as que le retour
du bâton » repris Émilien.

Le silence s'installa dans le commissariat.

« Je m'excuse Anne, je ne le pensais pas
vraiment mais depuis que tu es là, tu t'habilles
jupe courte serrée, talons, vêtements très
échancrés…. N'oublie pas qu'ici tu es à la
campagne !!! »

« Sous prétexte que je vis à la campagne, je devrais m'habiller comme ces paysans et non comme une femme ? »

« Vas-y doucement Anne, ces paysans sont mes amis et les habitants de cette ville. Ils commencent à s'habituer à toi mais si tu faisais un effort de plus, les choses se passeraient encore mieux. »

« Je ne suis pas là pour plaire aux paysans mais pour les protéger. »

« Je capitule, le sujet n'est pas là » répondit Émilien.

« Revenons à ta mère, qu'est-ce qui te tracasse ? »

« Ma mère a essayé de me dire quelque chose tout à l'heure mais je n'ai pas voulu l'écouter et partir comme ça se promener avec Archibald, je ne sais pas mais je sens qu'elle m'a menti. »

« Tu penses qu'elle va fourrer son nez là où il ne faut pas ? »

« J'en ai bien peur oui. »

« Sauf que là on joue dans la cour des grands, ça peut être dangereux pour elle » répliqua Anne.

« C'est bien cela qui me chagrine. Retournons voir Jules, il aura peut-être des détails à nous donner. »

« Ok chef !!!! On y va !!! » dit Anne au garde à vous pour se moquer d'Émilien.

Pendant ce temps dans la 2 CV, Simone demanda à Archibald de prendre la route pour le restaurant.

« Simone, tu devrais appeler Émilien » dit Archibald.

« Il ne va pas vouloir encore m'écouter. Allons voir ce patron et posons-lui nous-même les questions. »

« Pas sûr que ce soit une bonne idée. »

« Il le faut pourtant, pour Jules. Allez Archibald, en route. »

Simone arriva au restaurant *Le Crevettier* avec Archibald et entrèrent.

« Bonjour monsieur, nous souhaiterions voir le patron de l'établissement » demanda Simone.

« C'est moi pourquoi ? »

« Reconnaissez-vous ces personnes ? » demanda Simone en montrant les photos.

« Mais qui êtes-vous ? »

« Nous aidons le jeune homme accusé du meurtre de son patron de la radio, on ne parle que de ça dans les journaux. »

« Je ne savais pas qu'ils avaient créé une police senior ? Écoutez, je ne les connais pas, désolé » dit-il en regardant vite fait les photos sur son comptoir.

Pendant ce temps, Émilien et Anne étaient arrivés chez Georgette. Ils sonnèrent et Georgette vint leur ouvrir la porte.

« Bonjour, décidément ! »

« Bonjour Georgette, pourquoi dis-tu cela ? » demanda Émilien.

« Ta mère vient de passer pour parler à Jules » répondit Georgette.

Émilien et Anne se regardèrent.

« Mais que lui voulait-elle ? »

« Elle a demandé à Jules de lui montrer les visages des autres animateurs et elle est partie comme une anguille au restaurant *Le Crevettier* avec Archibald. »

« Merci Georgette mais nous devons y aller. » Ils partirent aussi vite qu'ils étaient arrivés et montèrent en voiture. Émilien mit le gyrophare et roula à vive allure.

« Ta mère est incorrigible, toujours à faire des âneries et à mettre son nez partout. »

« Écoute Anne, je te l'accorde mais je crois que ce n'est pas le moment, elle est peut-être en danger. »

Simone continua quant à elle d'interroger le patron du restaurant.

« Écoutez ma petite dame, je suis très occupé et je vous demanderai de quitter mon établissement » demanda le patron.

« Mais vous mentez ! Vous les avait vu car je suis venue manger le soir où eux aussi sont venus. Je ne comprends pas pourquoi vous mentez ? » s'exclama Simone.

« Madame, ça suffit ! Si vous ne sortez pas, je vous fous dehors à coup de pieds dans les fesses. »

Émilien et Anne arrivèrent, descendirent de la voiture et coururent.

« Que ce passe-t-il ici ? » s'écria Émilien.

« Ha monsieur l'agent, bonjour ! Cette dame m'importune et j'aimerai que vous la sortiez de mon établissement. »

« Anne je te laisse faire, je crois que je vais faire un malheur. »

« Simone que faites-vous ici à importuner ce patron de restaurant ? »

« Ha bah parce qu'en plus elle est déjà connue des services de police, et ben vin dou !!! »

« Thieu l'arou, i veux pu l'vouer par ici »[7] dit Simone.

« Simone ça suffit, je ne parle pas le patois » s'agaça Anne.

« Faudrait faire un effort madame la criminologue. C'est ce que j'essaie d'expliquer depuis tout à l'heure. Les trois hommes qu'Émilien a montré à Gustave sont les trois animateurs de radio. Je les ai vu dans ce restaurant tous les trois, le soir de la mort du patron de la radio. »

« Écoutez, cette vieille dame sénile se trompe, elle raconte n'importe quoi. Je n'ai jamais vu ces trois personnes dans mon restaurant. »

---

[7] **Thieu l'arou, i veux pu l'vouer par ici :** individu louche, douteux qui ment

« Vous mentez » dit Archibald à son tour. « Je n'interviens jamais habituellement mais je les ai vu aussi. »

« Combien même ils sont venus, ils ont le droit de venir manger dans un bon restaurant » dit le patron du restaurant.

« Comment vous appelez-vous ? » demanda Émilien au gérant.

« Patrick Chilien. »

« En effet maman, ces trois personnes ont le droit de venir manger au restaurant. Alors qu'est-ce qui te préoccupe ? »

« Ha bah ça alors, votre mère ? » s'étonna le patron du restaurant « Elle ne manque pas de culot. C'est quoi ce bordel dans la police ? On embauche les retraités maintenant ? » ricana le patron du restaurant.

« Ho vous, taisez-vous maintenant ! » cria Anne.

« Lorsque je suis venue manger avec Archibald
lundi vers 19H, ces trois personnes étaient ici
mais elles ne sont pas rester en salle. Elles ont
été placées dans l'arrière salle et un quatrième
homme est arrivé une demi-heure après les
rejoindre. Nous sommes partis vers 21H00 et
ces personnes se trouvaient toujours dans
l'arrière salle. »

« Mr Chilien pourquoi ces trois personnes sont
venues et pourquoi les avoir placés dans
l'arrière salle ? »

« Ha sous prétexte que c'est votre maman alors
vous la croyez sur parole et moi je suis le
menteur ? »

« Mr Chilien, trois personnes dans l'arrière salle
on s'en souvient et je crois au témoignage de
Mr Archibald Montaigne. Répondez à ma
question où je vous embarque ! Je vais
interroger tout votre personnel et je vais faire
inspecter votre établissement au peigne fin. »

« Remontrez-moi les photos ? »

Simone donna les photos à Émilien qui les tendit au gérant du restaurant. Le gérant se tenait le menton et réfléchissait.

« Maintenant que vous me le dites, ça me revient, en effet ces trois personnes sont bien venues ici. »

« Qui était le quatrième homme ? » demanda Anne.

« Alors là, je vous assure que madame se trompe » répliqua le gérant.

« Mr Archibald Montaigne qu'avez-vous à dire sur ce quatrième homme ? » demanda Émilien.

« Rien, je ne l'ai pas vu, Simone m'en a parlé mais le temps de me retourner il n'y avait plus personne, donc je ne sais pas. »

« Bien, merci Mr Montaigne. Pour qu'elle raison ces trois personnes ont été placé dans l'arrière salle Mr Chilien ? »

« Ils voulaient être tranquille pour manger. »

« Mais bien sûr ! Vous n'avez pas autre chose à me raconter ? »

« C'est la vérité, il n'y avait pas de quatrième homme et ils ont mangé à cet endroit pour être tranquille. »

« Bien ! Nous allons vous laisser tranquille mais restez à notre disposition, car je pense que nous nous reverrons. »

« Tu ne l'arrêtes pas ? » cria Simone.

« Maman ça suffit, nous partons. Arrêtons de tartasser.[8] »

« Mais il ment ! » répliqua Simone.

« Maman ça suffit, c'est toi que je vais embarquer si tu continues. »

---

[8] *Tartasser* : bavarder inutilement

Émilien prit sa mère par le bras et tout le monde sortit du restaurant. Dehors Émilien cria sur sa mère.

« Mais punaise, t'en a pas marre de mettre ton nez partout ? Ce n'est pas un jeu, c'est sérieux là ? »

« Je sais Émilien, mais tu ne voulais pas m'écouter et j'essaie d'aider Jules. »

« Nous aidons Jules mais arrête de te mêler de cette affaire. Tu vas nous taper des vices de procédure avec tes âneries, tu me le promets ? »

« Bien sûr !!!! »

« Écoutez Simone ! La vie est courte et vu votre âge avancé, vous devriez en profiter pour faire des brocantes, du vélo, voyager. C'est dangereux pour une personne de votre âge, vous comprenez ? » demanda Anne.

« Mais elle me prend pour une gourde celle-là ?
Et je ne suis pas si âgée, j'ai encore toutes mes
facultés à ce que je sache ? » répondit Simone
d'un ton froid et sec.

« D'accord maman ! Écoute je vais vérifier ces
informations mais rentre maintenant. Anne
c'est bon, c'est ma mère, un peu de respect. »

« Émilien, il a menti ! Je t'assure qu'il y avait
une quatrième personne et que c'était un
homme. »

« Je te crois maman mais laisse-moi faire mon
enquête, je vais chercher. »

« Bien, rentrons Archibald » acquiesça Simone.

Simone était attristée, c'était bien la première
fois. Elle a toujours eu un caractère bien
trempé. Que son fils Émilien hausse le ton mais
surtout lui fasse comprendre la dangerosité,
Simone compris qu'elle n'aurait pas dû aller
dans ce restaurant.

Mais ce qui l'attristait le plus, c'est que personne n'avait voulu l'écouter cette fois-ci, pas même son fils alors qu'elle détenait une information importante qui aiderait Jules.
Émilien et Anne rentrèrent au commissariat pour interroger Christophe Bivoute, l'homme qui avait vendu l'arme.
Dans la 2 CV Simone ne parlait pas, Archibald voyait bien que son amie était bien triste.

« Simone, Émilien n'a pas eu tort de hausser le ton, cette enquête parait compliquée et il est inquiet pour toi. On n'aurait jamais dû aller au restaurant et poser des questions. »

« Comment veux-tu que l'on avance puisque personne ne veut m'écouter ? »

« Tu aurais pu en parler à Émilien lorsqu'il serait venu chez toi boire un verre, ou lui téléphoner après sa débauche ? »

« C'est vrai, mais je veux tellement aider Jules. »

« Moi aussi Simone et nous y arriverons, mais laisse maître Momet et Émilien s'en occuper. Ne le prend pas mal mais il était juste inquiet, ceux sont ses nerfs qui ont parlé. »

« Je sais, et puis une engueulade à mon âge ça ne me fait pas de mal, personne n'ose plus le faire. »

Tous deux rigolèrent dans la voiture et Simone se remit à sourire. Arrivés à la maison, les deux amis entrèrent, Gustave travaillait sur le dossier, il était assis dans la cuisine avec un bon thé vert.

« Gustave, on te dérange ? »

« Non, entrez ! Alors cet après-midi, la promenade a-t-elle était bonne ? »

« Je ne dirais pas ça » rajouta Archibald.

« Que s'est-il passé ? »

Simone était gênée mais finit par expliquer toute l'histoire à son ami Gustave.

« Simone je te crois pour ce quatrième homme mais ton fils à raison, c'est dangereux ! Promets-moi de faire attention ? »

Simone acquiesça de la tête.

« En étudiant le dossier, je pense que les trois animateurs mentent. Avec cette nouvelle révélation, je vais envoyer une convocation entant que témoin à ce Patrick Chilien, j'aimerai le voir également au Tribunal pour qu'il s'explique. J'attends encore d'Émilien les alibis des trois animateurs. »

Pendant ce temps au commissariat, Émilien et Anne interrogeaient Christophe Bivoute dans la salle d'interrogatoire.

« Je vous dit que je ne connais pas le nom de la personne à qui j'ai vendu l'arme. »

« Bon écoute, tu as deux choix : Soit on te l'a fait à la parisienne soit à la campagnarde, parce que notre patience à des limites. »

« Comment ça ? »

« Ça fait un an que je suis en poste ici. Je viens de la région parisienne, alors je n'ai pas la même façon de travailler que mon collègue qui lui est un campagnard pur et dur, d'où ma question » dit Anne.

« Mais vous êtes des grands malades ! » s'exclama l'homme.

Anne et Émilien se regardèrent et ils répondirent en chœur :

« Ouuuuuais, c'est ça ! Bon tu te dépêches de choisir ? » en hurlant.

Pris de peur l'homme demanda en bégayant :

« C'est quoi la différence ? »

« Monsieur a décidé de faire de l'humour. Anne, je pense que je vais te laisser faire. La méthode parisienne sera plus sûre avec lui. »

« Tu es sûr ? »

« Oui, moi j'ai des alibis à vérifier. »

« Bon comme tu veux, j'espère qu'il va le supporter car il est menu, pas de muscles.......... »

« Hé, vous jouez à quoi ? Vous allez me torturer ? »

« Je te laisse, les chaînes sont là-bas Anne, je t'en prie ! » rajouta Émilien.

« Hein, des chaînes !!!!! Ok, c'est une femme que j'ai eu au téléphone. »

« Ha bah voilà, c'est mieux » dit Anne.

« Je te laisse » dit Émilien en quittant la salle mais qui resta à écouter la conversation derrière la porte.

Anne continua son interrogatoire.

« Une femme ? Son nom ? »

« Je n'ai pas son nom, un ancien pote de Paris m'a contacté pour que je vende une arme. Je lui ai dit que je ne trempais plus là-dedans mais il m'a fait rappeler que je lui devais un service.

Il me restait une arme mais c'était pour me défendre, j'ai donc accepté de la vendre. Une femme m'a appelé en me disant de déposer l'arme dans la poubelle derrière le bar et que s'y trouverait une enveloppe avec 10000€. Je me suis exécuté, mais je n'ai pas touché au 10000€, je peux vous les donner. Je ne savais pas ce qu'elle voulait faire avec. Il n'y avait plus de numéro de série, j'ai cru qu'on ne serait pas remonté jusqu'à moi. J'ai rien à voir là-dedans, je ne l'ai pas vu, je n'ai ni son téléphone ni son nom. »

« Bien ! Allez levez-vous, je vais vous remettre au chaud. »

Émilien de son côté allait vérifier les alibis des trois autres animateurs. Il vérifie d'abord celui de Catherine Lilenoit car Christophe Bivoute a avoué avoir vendu son arme à une femme. Il va donc dans les locaux de la radio. En arrivant, il demanda à la secrétaire les plannings d'antenne de chacun et se mit à les scruter.

« Merde, elle était à l'antenne, son nouveau créneau est de 1h à 3h du matin. »

« Dites-moi, l'antenne c'est du différé ou du direct ? » demanda Émilien à la secrétaire.

« Du direct évidemment » répliqua la secrétaire.

« Pourriez-vous me donner les bandes antenne depuis le 01 Juin s'il vous plaît, merci. »

La secrétaire s'exécuta et alla chercher les bandes. Pendant ce temps, Émilien regarda les autres plages horaires. Il remarque que Michel Champs commence son émission de 23H à 1H et que Didier Poutarde commence de 3h à 5h. Les deux auraient eu le temps de tuer leur patron sauf qu'Émilien repense à cette arme qui a été vendu à une femme. En levant les yeux, il s'aperçoit qu'il y a une caméra à l'entrée de la radio. La secrétaire revenue, Émilien lui demanda également les enregistrements vidéo depuis le 01 juin.

Arrivé au commissariat, il en donna une partie à Anne qui écouta les émissions, et lui les enregistrements vidéo.

« Merde, merde et merde !!! » s'écria Émilien.

« Que t'arrive-t-il ? » demanda Anne.

« Regarde les vidéos de surveillances !!!! Michel Champs l'animateur sportif part de la radio à 2h30 du matin, Didier Poutarde arrive à 2h15 et Catherine Lilenoit était en direct à l'antenne. Ils ont tous les trois un alibi. Quant à Jules, il dit qu'il dormait car il prenait l'antenne à 5h du matin, c'est le seul qui n'en a pas. »

« Tu ne trouves pas ça bizarre ! Comme par hasard les trois autres qui pouvaient être suspectés de ce meurtre ont justement un alibi, et ce, pile poil à l'heure du crime. A croire que c'était fait exprès ou il faut se rendre à l'évidence, Jules est le meurtrier » dit Anne.

« Je penche pour ta première pensée. Tu as raison c'est bizarre, ils vont tous les trois manger au restaurant et après ils sont tous les trois à la radio.

La quatrième personne que ma mère a vu dans le restaurant existe bien et c'est peut-être elle le tueur. Elle a peut-être été engagée par les trois autres animateurs ? »

« Possible, mais l'arme a été vendu à une femme. »

« Et toi, ça donne quoi les enregistrements ? »

« Rien à part leurs émissions habituelles. »

« Allons transmettre ces informations et un double à maître Momet, le Tribunal est prévu pour lundi et j'ai pas l'impression que l'on ait avancé ou appris des choses. »

Le week-end se passa, maître Momet avait travaillé sur la défense de Jules. Il avait regardé les vidéos surveillances, écouté les enregistrements des émissions. Toutes ses convocations avaient bien été remise en main propre aux témoins, il était prêt. Il avait pris le temps, dimanche, de se promener avec Simone dans ses vignes.

Le soleil était présent, la marche n'était pas désagréable et travailler dans ces conditions au calme, à la campagne avait été très lucratif de pensées.

Chapitre 2

Première journée au Tribunal

Le 16 juin 1997 s'ouvrait le dossier Jules
Frontier pour meurtre, à la cour d'assise
d'Angoulême. Simone, Archibald, Georgette,
Émilien, Anne et presque tous les villageois
étaient présents. Tous étaient impressionnés
par ce palais de justice du style néo-classique
avec sa façade de six colonnes. Dans la salle,
maître Momet était assis à gauche avec Jules et

à droite se trouvait la partie civile. Une sonnette retentie et un homme s'écria :

« La cour ! »

Tout le monde se leva et s'assit une fois la magistrature assise en haut d'une estrade.
La Présidente parla :

« Mr Frontier Jules vous êtes accusé de meurtre avec préméditations. Votre procès durera trois jours, ensuite se seront les délibérations. Je donne la parole à la partie civile maître Douyard. »

« Merci Mme la Présidente, j'appelle le chef de la police. »

Émilien se déplaça.

« Vous êtes le chef de la police de cette ville, dites-nous pourquoi vous avez arrêté Mr Frontier Jules ? »

« J'ai reçu un appel téléphonique des voisins me disant qu'ils avaient entendu un coup de feu.

Je me suis déplacé à l'adresse indiquée et lorsque je suis arrivé, j'ai vu un homme mort dans son salon, une balle dans la tête. A côté de lui, il y avait un enregistreur et en l'écoutant, on y entendait des menaces provenant d'un jeune homme que la victime appelait Jules. J'ai reconnu sa voie car je connais ce jeune homme. Le procureur m'a autorisé à faire une perquisition chez lui et j'y ai trouvait une arme. Après analyses, il s'agissait de l'arme du crime. »

« Je n'ai plus d'autres questions. »

« Maître Momet, le témoin est à vous ? » dit la Présidente.

« Je n'ai pas de questions » lui répond-il.

« C'est à vous maître Momet de faire appel à vos témoins » repris la Présidente.

« J'appelle Michel Champs. »

« Mr Champs vous êtes animateur à la radio ST CHARENTE ? »

« Oui c'est exact. »

« Pourriez-vous nous dire les liens qui vous unissaient avec Mr Magnier, la victime ? »

« C'était mon patron, il venait de racheter la radio. »

« Mais avant cela que faisiez-vous comme métier ? »

« J'étais tennisman professionnel. »

« Pourriez-vous expliquer à la Cour pourquoi vous êtes-vous stoppé en pleine carrière montante ? »

« J'ai eu un accident qui ne me permettait plus de jouer. »

« Quel accident ? »

« J'ai était attaqué par deux hommes une nuit en pleine rue. Ils m'ont frappé, j'ai eu mes bras fracturés et ma carrière s'en est arrêtée là. »

« Connaissiez-vous Mr Magnier avant qu'il ne rachète la radio ? »

« Nous avions eu un accrochage pendant que j'étais professionnel. Il était venu me voir à la fin d'une partie pour me dire que j'avais mal joué et que j'étais un bon à rien, un nul. Mes nerfs ont lâché et je lui ai mis un coup de poing dans la figure. »

« Après votre accrochage, quand votre accident a eu lieu ? »

« Deux jours après. »

« N'avez-vous pas pensé qu'il aurait pu s'agir d'une vengeance de Mr Magnier à ce coup de poing ? »

« Si bien sûr, mais je n'ai jamais eu de preuves. »

« Vous aviez donc un mobile pour le tuer ? »

« Objection Mme la Présidente ! » rétorqua la partie adverse.

« Je retire ma question » dit maître Momet.

« Le soir du meurtre, vous êtes allé au restaurant *Le Crevettier* ? Je vous rappelle que vous êtes sous serment ! »

« Oui c'est vrai, j'y suis allé avec Catherine et
Didier les deux autres animateurs de la radio
pour y manger. »

« La spécialité de ce restaurant est la cagouille.
Les escargots étaient-ils bon ? »

« Oui, mais je ne vois pas l'intérêt de cette
question ? »

« Le quatrième homme qui est entré une demi-
heure après vous, qui était-est-ce ? »

« Nous n'étions que tous les trois ! »

« Et tous les trois vous avez mangé des
cagouilles ? »

« C'est ça. »

« Mr Magnier avait changé votre plage horaire.
Cela vous a-t-il mis en colère ? »

« Bien sûr comme tous les animateurs
d'ailleurs. »

« Et pourquoi étiez-vous en colère, après tout
vous restiez animateur ? Il s'agissait simplement
d'un changement d'horaires ? »

« Mon patron m'avait donné comme nouvelle horaire 23H-1h, ce n'est pas une plage pour parler de sport. »

« Je n'ai plus de questions Mme la Présidente, mais je vous demande de me réserver le droit de réinterroger ce témoin. »

« Accordée maître. Maître Douyard, des questions ? »

« Non aucune Mme la Présidente. »

« Maître Momet, appelez votre prochain témoin. »

« J'appelle Catherine Lilenoit. »

« Madame Lilenoit, dites-nous ce que vous faites à la radio ST CHARENTE ? » interrogea maître Momet.

« Je suis animatrice, je donne des recettes de cuisine à l'antenne. »

« Et avant cela, que faisiez-vous ? »

« J'étais dans l'armée de terre, dans les cuisines. Je préparais les repas, j'ai pris ma retraite et je suis devenue animatrice. »

« A vous aussi il a changé les horaires ? »

« C'est exact ! Je suis sur la plage horaire 1h-3h du matin et avant que vous me posiez la question, oui j'étais également en colère car à cette heure-ci l'écoute est très faible, personne n'écoute mes recettes. »

« Merci. Vous avez été au restaurant *Le Crevettier* avec vos collègues de travail ? »

« C'est exact, nous y avons mangé tous les trois. »

« Les cagouilles étaient bonnes je présume ? »

« Excellentes. »

« Qui vous a servi ? »

« Le patron lui-même. »

« Pourquoi ce restaurant ? »

« Je donne des recettes de cuisines, j'aime la bonne nourriture. Ce restaurant est bien côté, la spécialité est excellente et je connais un peu le patron. »

« Bien merci, je n'ai plus de questions mais je me garde le droit de réinterroger ce témoin Mme la Présidente. »

« Accordée maître. Maître Douyard le témoin est à vous. »

« Je n'ai pas de questions Mme la Présidente. »

« Maître Momet, appelez votre autre témoin. »

« J'appelle Didier Poutarde. »

« Monsieur Poutarde, comme vos petits camarades, que faites-vous à la radio ? »

« Je m'occupe de la partie politique. »

« Et vous étiez également en colère ? »

« Oui, ma plage horaire était 3h-5h du matin.

Personne à cette heure-ci n'écoute les problèmes que nous rencontrons dans notre pays, le pouvoir d'achats, les élections......... Mr Magnier en tant que directeur de radio n'est autre qu'un média, qui plus est, proche du parti du Président de la République. En me donnant cette plage horaire, il savait très bien que les gens ne pourraient pas écouter les avis négatifs sur le parti actuellement au pouvoir. Il l'a fait exprès. »

« Bien. Êtes-vous marié Mr Poutarde ? »

« Je l'ai été, je suis divorcé. »

« Connaissez-vous la femme de Mr Magnier ? »

L'homme gêné pris un instant pour répondre.

« Oui, il s'agit de mon ex-femme. »

Dans la salle les personnes se mirent à faire un ohhhhhhhh très fort.

« Pourquoi êtes-vous allé dans le restaurant *Le Crevettier* avec vos deux collègues ? »

« Pour y manger bien sûr !!! »

« La spécialité étant la cagouille, vous en avez également mangé je suppose ? »

« Bien sûr. »

« Qui était ce quatrième homme qui est arrivé après ? »

« Nous n'étions que tous les trois, il n'y a jamais eu de quatrième homme. »

« Je n'ai plus de question Mme la Présidente, mais je me garde le soin de réinterroger ce témoin. »

« Accordée maître. Maître Douyard, le témoin est à vous. »

« Je n'ai pas de questions Mme la Présidente. »

« Maître Momet vous appelez votre autre témoin. »

« J'appelle Monsieur Patrick Chilien. »

« Monsieur Chilien, vous êtes le patron du restaurant *Le Crevettier* ? »

« Oui. »

« Le soir du meurtre, les trois animateurs de la radio : Catherine Lilenoit, Michel Champs et Didier Poutarde sont venus manger dans votre restaurant ? »

« Oui. »

« Pourquoi ont-ils étaient placés dans l'arrière salle ? »

« Pour être tranquille, tout simplement. »

« Ces animateurs disent que c'est vous qui les avez servis ? »

« C'est exact. »

« Et que leurs avez-vous servis en plat ? »

« Ils l'ont dit tout à l'heure, j'étais dans la salle maître, c'était des cagouilles. »

« J'ai tout de même posé la question car vous auriez pu les contredire ? »

« Non maître, ils ont dit la vérité. »

« Qui était le quatrième homme arrivé un peu plus tard ? »

« Mais il n'y avait pas de quatrième personne. »

« Bien, je n'ai plus de questions. »

« C'est tout ? » s'interrogea Patrick Chilien.

« Oui » répondit maître Momet.

« Vous ne demandez pas à réinterroger ce témoin maître ? » demanda la Présidente.

« Non, ce ne sera pas la peine. »

« Maître Douyard ? » demanda la Présidente.

« Pas de questions non plus. »

« Bien ! J'ajourne la séance d'aujourd'hui et nous nous retrouverons demain à 9h. L'audience est levée » s'exclama la Présidente du Tribunal.

Tout le monde sortit de la salle d'audience. Simone, Archibald, Georgette, Émilien et Anne attendaient maître Momet et Jules qui sortaient en dernier dans le hall.

« Gustave, ces personnes ont menti, pourquoi tu les as laissé faire ? » dit Simone.

« Simone, ne t'inquiète pas, je sais ce que je fais. Jules, j'aimerai que tu rentres avec ta mère et que tu restes chez elle. Nous nous retrouverons demain pour le deuxième jour. Ne t'inquiètes pas, nous avons avancé. »

« Merci maître » répondit Jules, d'une voix timide.

Georgette et Jules partirent tous les deux.

« Au revoir les amis, à demain » dit Georgette attristée.

« Comment ça, ça avance Gustave !!!! Moi je vois qu'ils mentent tous et que Jules est mal barré ! » s'écria Simone.

« Maman laisse faire l'avocat. »

« Simone, pour te détendre un peu je t'invite au restaurant, et d'ailleurs je vous invite tous. J'ai faim de cagouilles, ça vous dit ? » rétorqua maître Momet.

Tout le monde se regarda étonné.

« Avec plaisir » dirent Simone ainsi qu'Archibald.

« Maître, nous n'avons pas le droit » dirent Émilien et Anne.

« Je vous invite en tant qu'amis, pas dans le cadre de cette procédure. »
Émilien et Anne se regardèrent et acceptèrent l'invitation.

Tous partirent en direction du restaurant *Le Crevettier*.
Arrivés devant le restaurant, tout le monde se regardaient toujours étonnés, mais ils entrèrent et une serveuse arriva.

« C'est pour dîner ? »

« Oui et nous serons cinq. »

« Bien, suivez-moi. »

La serveuse installa tout le monde.

« Dit donc Gustave, tu n'avais pas un autre restaurant à nous proposer que celui de Patrick chilien ? » demanda Simone.

« J'avais faim de cagouilles et c'est la spécialité de la maison » lui répondit Gustave.

La serveuse arriva.

« Je vous sert un apéritif messieurs dames ? »

« Non, dit maître Momet, tout le monde aiment les cagouilles je suppose ? » Tous acquiescèrent sauf Anne.

« J'avais oublié, à Paris ce n'est pas le plat qui doit être à l'affiche des restaurants !!!! » rigola Émilien.

« En effet, je ne sais même pas comment vous faites pour manger cette chose gluante » raconta Anne avec dégout.

« Alors quatre plats de cagouilles » demanda
Gustave « et pour vous Anne. »

« Une salade. »

« Laquelle madame ? » demanda la serveuse.

« Peu importe » répondit Anne.

« Bien, je vous amène ça. »

« Ha madame, est-ce que Mr Chilien Patrick est
là ? » interrogea Gustave.

« Oui. »

« Pourriez-vous lui demander de venir nous
voir ? » rajouta maître Momet.

« Bien sûr Monsieur. »
Émilien en profita pour taquiner un peu Anne.

« Après tu viens me dire que tu essaies de
t'adapter à la campagne ? Commence par
manger ce qui est bon et arrête avec tes
salades. »

« Je tiens à garder ma ligne mais surtout ne pas
manger gras ou gluant et sans alcool. »

« Tu vas être servis ici, on mange que ça avec du bon vin. Encore un an et il ne te restera que la peau sur les os. »

« Ha! Ha ! Ha ! Vous êtes mon oxygène » s'écria maître Momet en regardant Émilien, Anne ainsi que Simone. »

« Mais à quoi tu joues Gustave ? » s'interrogea Simone.

« Attends un peu, ne sois pas trop impatiente. »

Tout le monde resta perplexe devant cet enthousiasme de Gustave.

Arriva Mr Chilien Patrick à leur table.

« Maître, vous ne manquez vraiment pas de culot ? »

« Pourquoi cela ? » demanda maître Momet.

« Vous venez de m'interroger au Tribunal et maintenant vous venez me narguer dans mon restaurant avec la police ? »

« Nous sommes là pour manger vos spécialités, d'ailleurs vous en avez ce soir ? »

« Bien sûr, quelle question !!!! »

« Je vous dit ça car le soir du meurtre, les trois animateurs ont déclaré à la barre aujourd'hui même, en avoir mangé et vous avez accrédité cette version. »

« Oui et alors, je ne vais pas me répéter. »

Maître Momet cherche dans sa sacoche et sort un document en le donnant à Mr Chilien Patrick.

« Comme vous pourrez le constater sur ce document, le soir du meurtre malheureusement votre fournisseur ne vous a pas livrer, il n'a pas pu. Il n'y avait donc pas de cagouilles. Je suis donc là pour vous faire une proposition. »

Très gêné Patrick Chilien répondit : « Je vous écoute. »

« Demain, votre fournisseur sera appelé à la barre comme témoin, j'ai ce document qui prouve que vous avez fait un faux témoignage et d'autres témoins venus manger ce soir-là. Je peux ne pas appeler votre fournisseur et brûler ce document à la seule condition que vous me transmettiez le nom du quatrième homme qui est arrivé un peu plus tard dans votre restaurant rejoindre les trois animateurs. Sinon, vous serez accusé de faux témoignage, de complicité de meurtre et de protéger un meurtrier, c'est à vous de voir !!! »

« D'accord, le quatrième homme arrivé s'appelle Bertrand Fouchet. »

« Qui est-il ? »

« Un détective privé mais je ne sais pas ce qu'ils se sont dit dans l'arrière salle. »

« Expliquez-nous qui l'a embauché ? »

« Je connais Catherine Lilenoit l'animatrice, et elle m'a demandé si je connaissais un détective privé et c'était le cas. Je l'ai appelé et il est venu au rendez-vous. Pourquoi ? Ça je ne sais pas. »

« Bien cela me suffira. »

« Vous n'allez pas m'accuser de faux témoignage et faire ce que vous m'avez dit ? »

« Je n'ai qu'une parole. »

L'homme s'en alla.

« Émilien, je vous laisse le soin de manger vos cagouilles et après je veux que vous me cherchiez ce détective privé et que vous lui transmettiez cette convocation à comparaitre. Je veux le voir au Tribunal demain. »

« Avec plaisir maître, mais comment avez-vous su ? »

« Grâce à Simone. »

« À ma mère ? »

« Oui, quand Archibald et elle sont revenus de leur escapade du restaurant où vous et Anne étiez intervenus, Simone m'a expliqué qu'elle avait vu ces trois personnes au restaurant avec un quatrième homme. Je lui ai demandé s'il s'agissait bien du soir du meurtre. Archibald et Simone l'ont formellement attesté en me disant que ce soir-là, ils avaient été tous les deux déçus car ils n'avaient pas pu manger de cagouilles. Si ces trois personnes étaient tant venus manger la spécialité de la maison, ils avaient dû forcement ne pas en manger car il n'y en avait pas, d'où mes questions à la barre. Et la seule façon d'avoir le nom de ce quatrième homme était de piéger le restaurateur. »

« Cela signifie que les trois animateurs ont menti aussi ? » rajouta Anne.

« Exact et ce détective privé va nous expliquer ce qu'ils se sont dit et pourquoi ils étaient réunis. »

« Ok, je mange maître et nous fonçons avec Anne. »

La serveuse arriva avec les plats, elle donna une assiette à Anne qui la réjouissait peu.

« Y'a quoi là-dedans ? » demanda Anne.

« C'est une salade de cailles au miel et au pineau des Charentes » répondit la serveuse.

« Super !!!!! Tout ce que je m'interdis et en plus ça n'a pas l'air appétissant !!!! » d'un air dubitatif.

Tous se mirent à rigoler.

Sitôt finis de manger, Émilien et Anne partirent en direction du commissariat. Quant à Simone, Archibald et Gustave, ils rentrèrent chez Simone pour le café.

« Anne, cherche dans la base de données où se trouve ce détective privé ? Moi je cherche ces antécédents et sa spécialité. »

« J'ai trouvé, il est à St Michel » dit Anne.

« Et moi j'ai trouvé aussi. Ancien policier de Poitiers, il est spécialisé dans les divorces, il traque les infidélités. »

« Dit donc, c'est pas l'ex-femme de Didier Poutarde qui a divorcé pour se marier avec Magnier ? »

« Si justement, allons lui rendre une visite et lui remettre sa convocation. »

Simone, Archibald et Gustave arrivèrent chez elle.

« Café pour tout le monde ? »

« Oh non Simone, se sera un thé pour moi. Je dois être au Tribunal demain et j'ai besoin de dormir » lui dit Gustave.

« Bien, je vais vous préparer tout ça, installons-nous dans la cuisine. Dis-moi Gustave, qu'attends-tu de ce détective privé demain ? » demanda Simone.

« Je ne sais pas Simone. Je ne m'attendais pas à ce que ce soit un détective privé mais plutôt un homme de main. Je pense quand même qu'il nous dira des choses intéressantes » répliqua l'avocat.

« Tu vas interroger qui d'autres ? » demanda Simone.

« Que lui, après ce sera à la partie adverse de parler de Jules et de leurs témoins. Je pourrai revenir sur mes témoins que la journée suivante » expliqua maître Momet.

« Je viendrai donc le matin écouter ce détective mais je ne resterai pas le tantôt. Je ne veux pas entendre la partie adverse parler et humilier Jules.

Fi' de garce ! ça va caillé sur le jabot ![9] Buvez votre thé et allons-nous coucher. » fit Simone

Émilien et Anne étaient arrivés chez Bertrand Fouchet.

« Monsieur Fouchet ? »

« Oui ! »

« Voici une convocation pour le Tribunal, demain. »

« Quoi ? »

« Oui, nous savons que vous avez été, avec les trois animateurs de la radio ST Charente, au restaurant *Le Crevettier*, vous souhaitez nous en parler ? »

« Non je le ferai demain, je n'ai rien à me reprocher. »

« Bien, bonne soirée alors. »

---

[9] ***Fi' de garce ! ça va caillé sur le jabot*** : Avoir du mal à digérer tout ça.

Chapitre 3

Deuxième journée au Tribunal

Le lendemain, tout le monde arrive au Tribunal pour la seconde séance. Dans la salle, beaucoup de monde attendaient quand la sonnette retentie.

Tout le monde se leva.

« La séance est ouverte annonça la Présidente. Maître Momet, appelez vos témoins ce matin car cet après-midi se sera au tour de maître Douyard. »

« Bien Mme la Présidente. J'appelle Bertrand Fouchet » annonça maître Momet.

« Monsieur Fouchet, pourriez-vous nous dire qu'elle est votre métier ? »

« Je suis détective privé. »

« Le soir du meurtre de Mr Magnier, vous étiez au restaurant *Le Crevettier* avec trois personnes, est-ce exact ? »

« Oui, il s'agissait de ces trois animateurs de radio » en les montrant avec son doigt.

« Noter que le témoin désigne Michel Champs, Catherine Lilenoit et Didier Poutarde. »

« Pourquoi êtes-vous aller là-bas ? »

« Les trois animateurs avaient besoin d'un détective privé ? »

« Pourquoi ? »

« Ils voulaient que j'effectue des recherches sur Magnier et que je trouve des éléments de preuves pour le faire chanter afin qu'ils puissent lui mettre la pression. Magnier leur avait modifié leurs plages horaires d'antenne. Ce que je n'ai pas compris c'est que si les horaires ne leurs convenaient pas, ils pouvaient démissionner et partir à la concurrence ! »

« Pourquoi dites-vous cela ? »

« J'ai regardé leur contrat de travail, ils n'avaient aucune clause. »

« Que vous ont-t-ils demandé de rechercher ? »

« Michel Champs m'a demandé de rechercher les deux hommes qui l'avaient frappé à l'époque et qui a mis fin à sa carrière. Didier Poutarde m'a demandé de suivre Magnier. Il était marié avec son ex-femme et pensait qu'il l'a trompé. Quant à Catherine Lilenoit, rien de spécifique mais un truc qui pourrait l'aider. »

« Qu'avez-vous trouvé ? »

« Rien, je n'ai pas eu le temps, Magnier est mort dans la nuit. Je n'ai donc fait aucune recherche, ils n'avaient plus besoin de lui mettre la pression. »

« Je vous remercie, je n'ai plus de questions. »

« Maître Douyard, le témoin est à vous » rajouta la Présidente.

« Monsieur Fouchet, savez-vous pourquoi l'accusé n'était pas au restaurant avec eux ? »

« Ils ne l'ont pas invité car il n'a pas le même contrat qu'eux. L'accusé a une clause qui stipule qu'il ne peut pas aller dans d'autres radios jusqu'à la fin de son contrat même s'il venait à démissionner. »

« Ce qui prouve Madame la Présidente que l'accusé avait un mobile. Je n'ai plus de questions. »

« Madame la Présidente » dit maître Momet, « j'ai une dernière question si vous me le permettez. »

« Je vous en prie maître. »

« Vous dites que ces trois animateurs pouvaient démissionner comme ils le souhaitaient et partir à la concurrence ? Savez-vous pourquoi ils ne l'ont pas fait ? »

« Ils m'ont dit que Magnier les tenaient tous. Il avait un élément contre chacun d'eux et que s'ils partaient, ils étaient finis tous les trois. »

« Je n'ai plus de questions Madame la Présidente. »

« Alors, appelez votre prochain témoin maître. »

« Je n'en ai pas d'autres pour ce matin Madame la Présidente » répondit maître Momet.

« Bien, maître Douyard, nous pourrons commencer avec vos témoins après cette pose. »

La Présidente tapa avec son marteau assez fort.

« La séance est levée jusqu'à 14h » s'écria-t-elle.

Tout le monde sortit de la salle et se rejoignit dans la salle des pas perdus.

« Gustave, j'ai pas l'impression que cet homme nous a appris des choses » s'inquiéta Simone.

« Possible Simone mais il faut analyser son témoignage, qu'en pensez-vous Émilien ? »

« Rien ! Tout le monde a le droit de prendre un détective privé et comme il n'a rien recherché pour eux, il n'y a rien d'incriminant. »

« Moi quelque chose me chagrine » s'interrogea Anne.

« Ha et quoi donc ? » demanda Émilien.

« Il a dit que Magnier avait un élément contre chacun d'eux, ce qui ne leurs permettait pas de partir. Je pense que c'est là que nous devrions chercher. Il doit y en avoir un qui ne veut pas que l'on sache son secret et qui a dû prendre ses camarades de court et embaucher un homme de main. »

« C'est possible, mais il reste très peu de temps.
Demain en fin d'après-midi, les jurés iront
délibérer. Émilien, Anne cherchaient dans le
passé de ces trois animateurs » demanda
maître Momet.

« On y va. » Émilien et Anne partirent sur-le-
champ.

« Alors Anne, convaincu que Jules est
innocent ? » tout en descendant les escaliers du
Palais.

« Pas tout à fait convaincu mais c'est vrai qu'il y
a des zones d'ombres que j'aimerai
découvrir. »

« Je vais rester avec Jules et sa maman » dit
maître Momet. « Nous allons parler un peu et
contrecarrer la partie adverse et leurs témoins
cet après-midi à l'audience. »

« Je vais rentrer, ça daille,[10] je refuse
d'entendre ça. Archibald tu m'accompagnes ? »
dit Simone.

---

[10] *ça daille :* ça craint

« Oui, lui répond-il. »

Tous deux partirent sans tarder. Arrivés devant chez elle, Simone descendit de la voiture d'Archibald et lui demanda : « Tu veux entrer un instant ? »

« Non Simone, je vais rentrer aussi. Toute cette histoire me barbouille un peu, je m'inquiète pour Jules » lui répondit Archibald.

« Et moi donc, j'ai peur qu'il soit déclaré coupable alors que ce n'est pas le cas. »

« C'est bizarre, tu as moins mis ton nez dans cette histoire ? »

« Je ne sais pas où chercher Archibald, voilà tout. »

« Repose toi, je passerai te prendre demain pour la dernière journée du Tribunal. »

« Merci Archibald ! À demain. »

Simone rentra chez elle. En allant dans son salon, sur la table se trouvaient les vidéos de surveillances et les enregistrements des émissions. Elle réfléchissait assise sur sa chaise, les coudes sur la table et ses mains sur le visage.

« Et si je regardais les vidéos de surveillances, peut être qu'un indice leur a échappé ? »

Simone regarda les vidéos mais rien ne lui venait. Elle regarda l'heure d'embauche et de débauche des trois animateurs mais rien de probants. Elle se mit à écouter les émissions. Elle commença par Catherine Lilenoit car elle donnait des recettes de cuisines et Simone pensait qu'elle pouvait en même temps en chiper une ou deux.

" Bonjour à tous, c'est Catherine et je vais aujourd'hui vous parler de la recette du civet de lapin. Tout d'abord, je vais vous énumérer les ingrédients :
Un lapin de 2kg, des champignons, du sel, du poivre, 4 feuilles de laurier, 1 oignons, 2 échalotes mais surtout le beurre et pas n'importe lequel, le beurre à la moutarde. Si vous voulez que votre civet soit réussi avec du goût, il faut prendre le beurre à la moutarde. Bien sûr vous pouvez le préparer vous-même mais ce serait un peu long. Si vous en voulez du tout prêt et agréablement très bon, vous pouvez le trouver au supermarché au rayon local. "

« Je sais faire un civet de lapin, passons à la suivante » dit Simone.

« *Bonjour à tous, c'est Catherine et je vais aujourd'hui vous parler de la recette du sauté de veau au pineau des Charentes. Tout d'abord, je vais vous énumérer les ingrédients :*
1,5 kg de veau, 2 cuillères à soupe de farine, 2 cuillères à soupe d'huile d'olives, 2 petits oignons grelots, 300ml de pineau des Charentes, 300ml d'eau, un bouquet garni, sel, poivre et 5g de beurre et pas n'importe quel beurre, le beurre à la moutarde. Vous pouvez le préparez vous-même mais ce serait un peu long. Si vous le voulez tout prêt, allez au supermarché rayon local et vous le trouverez. Cela va apporter une fraîcheur et si vous prenez du beurre normal (demi-sel ou doux) une couche de gras viendra se superposer sur le dessus de votre préparation, alors qu'avec le beurre à la moutarde, pas de couche de gras et votre plat sera succulent. ”

« Elle dit vraiment n'importe quoi ? J'en fais du sauté de veau, j'ai toujours mis du beurre normal et je n'ai jamais eu de couche qui se superpose, et mon plat est aussi délicieux » marmonna Simone. « Passons à la suivante » rajouta-t-elle.

" Bonjour à tous, c'est Catherine et je vais aujourd'hui vous parler de la recette de la salade de caille au miel et pineau des Charentes. Tout d'abord, je vais vous énumérer les ingrédients :

4 cailles ou 8 cuisses de cailles, 2 cuillères à soupe de miel liquide, 4 cuillères à soupe de vinaigre balsamique, 10 cl de pineau des Charentes, 10 cl de fond de volailles, 1 bonne poignée de pignons de pin, 1 bonne poignée de sésame, fleur de sel, poivre noir, piment d'Espelette, 2 cuillères à soupe d'huile d'olive, 1 sachet de salade mesclun, 16 asperges vertes, des croûtons de pain, 10 g de beurre et pas n'importe quel beurre, il faut que vous preniez le beurre à la moutarde que vous trouverez dans votre supermarché au rayon des produits locaux. "

« Mais elle nous emmerde avec son beurre à la moutarde !!!!! Le beurre simple suffit amplement. J'arrête d'écouter car elle m'agace » se dit Simone énervée.

Elle se leva pour aller dans la cuisine et s'arrêta tout à coup, leva la tête en l'air et s'écria :
« Mais bien sûr !!!!! Il faut que je parte voir Émilien, mais il ne m'écoutera pas encore. Allons-y quand même. »

Simone prit son vélo et se dirigea vers le commissariat de police.

Arrivée sur place, Émilien et Anne continuaient leurs recherches sur les trois animateurs, quand Simone entra.

« Maman que fais-tu ici ? »

« J'ai quelque chose sur cette affaire. »

« Ah non, tu ne vas pas recommencer » dit Émilien.

« Simone, y'en a marre, il faudrait penser à vous inscrire à un cours pour les seniors ? Jouer à Miss Parple n'est pas un jeu. »

« Émilien, écoute-moi ! La dernière fois tu n'as pas voulu et tu pourrais le regretter. »

« Je t'écoute, vas-y. »

« J'ai écouté les bandes des émissions » et sans avoir le temps de finir sa phrase.....

« Tu as fait quoi ? » cria Émilien, « mais ça devient de pire en pire !!!!!! »

« Bon tu ne veux pas m'écouter ? Ce n'est pas grave, je file voir Gustave, lui m'écoutera. »

« Très bien, je t'écoute. Mais comment as-tu écouté les enregistrements ? »

« Ils étaient à la maison, tu es venu les apporter à Gustave. Je voulais ranger un peu et je me suis dit que je pouvais écouter la partie recette de cuisine, peut être que j'aurai pu en noter une. »

« Mais bien sûr, et tu crois que je vais avaler ça ? » dit Émilien.

« C'est pourtant vrai. »

« Et alors ? »

« Catherine Lilenoit dit à chaque fois dans ses émissions qu'il faut prendre du beurre à la moutarde pour les recettes. »

« Tu es venue jusqu'ici pour me parler d'un beurre à la moutarde ? Mais je n'ai pas que ça à faire. »

« Ce n'est pas ça, mais Anne a dit qu'il fallait rechercher ce que Magnier pouvait bien leurs reprocher. »

« Ah bah oui !!! Il reprochait à Catherine Lilenoit de mettre du beurre à la moutarde dans ses recettes, que suis-je bête alors !!!! » répondit Émilien d'un air ironique.

« Te moque pas de moi ! »

« Simone ! Émilien a raison, on travaille. Retournez chez vous et faites un peu de jardinage....Parfois, je me demande si vous n'êtes pas atteinte de diarrhée mentale, dès que vous avez une idée, c'est de la merde » lui dit Anne.

« Pignouf » s'écria Simone en la regardant d'un air méchant.

« T'es vraiment qu'une conne, tu es obligé de lui parler comme ça ? » cria Émilien.

« Ça va !!! C'était de l'humour, je m'excuse » dit Anne un peu peinée.

« Je suis désolé aussi, désolé de t'avoir dit que tu étais conne, je pensais que tu le savais déjà » répliqua Émilien.

Anne était sciée par les propos d'Émilien.

« T'inquiète c'était de l'humour aussi, tu vois ça blesse. »

« Ça suffit tous les deux. Est-ce que vous allez me laisser finir ? » s'écria Simone d'un ton sec.

« Vas-y et fais vite, on n'a pas le temps. »

« Est-ce que mes repas sont bon ? »

« Oui mais quel est le rapport ? »

« Lorsque je cuisine les recettes qu'elle donne à l'antenne, je le fais avec du beurre normal et mes repas sont très bons. Pourquoi absolument mettre du beurre à la moutarde ? Elle dit où le trouver et que sans ce beurre la recette ne serait pas réussi, ce qui n'est pas vrai. »

« Et alors, on s'en fou !!!! Tu nous fais perdre notre temps !!! » s'écria Émilien.

« Je pense qu'elle fait de la pub pour une marque. Ce beurre se trouve au rayon des produits locaux.

Elle doit connaître la personne qui fabrique le produit et lui fait de la pub illégalement, car entant qu'animatrice, elle se doit de donner la recette avec les ingrédients mais sans dire précisément quelle marque acheter, mais là elle précise à chaque fois d'acheter ce beurre particulièrement. Je pense que Magnier l'avait découvert et la tenait comme ça. Il faudrait savoir qui produit le beurre à la moutarde en Charentes et pourquoi elle en fait autant de pub ? »

« Ça se tient » dit Emilien, « mais on sait que ce n'est pas elle qui a tué Magnier, elle était en direct à l'antenne. Anne, on va creuser cette idée. Christophe Bivoute est toujours dans nos locaux ? »

« Oui, le procureur nous a dit de le garder au chaud jusqu'au verdict. Mais à quoi penses-tu ? »

« Maître Momet a demandé à la Présidente du Tribunal de pouvoir réinterroger les trois animateurs. Bivoute nous a dit que l'arme a été vendue à une femme ?

Il ne l'a pas vu mais lui a parlé ? On pourrait l'embarquer avec nous demain au Tribunal puisque maître Momet peut rappeler des témoins et il pourrait nous dire s'il reconnait la voix ? »

« Je veux bien mais ça changerait quoi ? Elle était à l'antenne lors du meurtre ! »

« Creusons sur Catherine Lilenoit » dit Émilien, « maman merci et désolé d'avoir haussé le ton. »

« De rien mon grand, je sais que tu es à bout de nerfs comme moi mais il faut que Jules s'en sorte, bon courage à vous. »

Simone reparti chez elle quant à Émilien et Anne, ils cherchaient des informations sur cette Catherine.

« Alors ? » demanda Émilien à Anne.

« Rien. Elle était cuisinière à l'armée, pas d'enfants, parents divorcés, pas de casier, j'ai rien et toi ? »

« La société qui produit le beurre à la moutarde est BL Charentes. Ils ont commencé il y a 8 ans, le gérant s'appelle Benoît Chapier et pas de souci avec cette société. »

« On fait fausse route Émilien, ta mère et ses idées de Miss Parple !!! Il faut arrêter de l'écouter et il faut que tu sois plus ferme avec elle. »

« Je sais l'idée que tu te fais de ma mère, pourtant j'ai le sentiment de passer à côté de quelque chose. Je vais au Tribunal de Commerce, je veux obtenir les statuts, les bilans.......... de cette société. »

« Vas-y, je vais continuer à chercher. »

Simone arriva chez elle. Maître Momet arriva aussi avec Archibald car la séance au Tribunal était finie.

« Alors, comment s'est passé cet après-midi ? Tu y es allé Archibald ? »

« Oui, je voulais finalement soutenir Georgette. »

« C'était pas folichon » dit Gustave.

« Ah ça non, répéta Archibald. Ils ont détaillé la vie de Jules, Georgette était mal. Tu devrais l'appeler Simone ? »

« Écoute, elle s'en remettra une fois que Jules sera innocenté. »

« Ça t'arrive d'être humaine parfois ? » s'interrogea Archibald.

« Bah archi, tu sais que j'aime ce petit et je fais de mon mieux pour l'aider. »

« Et qui soutient Georgette dans ce moment difficile ? »

« Sûrement pas moi et je n'ai pas le temps. »

« Simone, aujourd'hui elle et Jules ont vécu quelque chose de compliqué. Ils ont parlé de son père et de sa vie d'enfant unique perturbé qui a grandi avec une mère déboussolée........ »

« C'est pour ça que je ne voulais pas y être, pour entendre des âneries, oh non !!!!! »

« Imagine alors Georgette et Jules !!! »

« Je vais l'appeler » dit Simone en bouffant.
« Sinon ça se passe comment ? »

« Si on n'a pas de nouveaux éléments de preuves, j'ai bien peur que Jules soit condamné » dit Gustave.

« J'ai peut-être trouvé quelque chose ? »

« Comment ça ? » demanda Gustave.

« Comme d'habitude, elle a fourré son nez là où il ne le fallait pas » répliqua Archibald.

« Cet après-midi, pendant que vous étiez au Tribunal, et bien moi je me suis mise sur les enregistrements des émissions » dit Simone.

« Émilien ne va pas être content » rajouta Archibald.

« Venez-vous assoir dans le salon, je vais vous préparer une gnaule et vous expliquer. »

« Pas pour moi Simone, un thé m'ira très bien » dit Gustave.

Ils s'assirent tous les deux pour écouter Simone.

« Alors Simone, comme ça tu écoutes des enregistrements classés confidentiels dans une enquête ? » rajouta Gustave.

« Mais Gustave, je voulais écouter les recettes de cuisine et comme tu avais laissé les enregistrements sur la table, je me suis permis de les écouter. »

« Et qu'as-tu découvert ? » demanda Gustave.

« En écoutant les recettes de cuisine de Catherine Lilenoit, j'ai découvert qu'à chaque émission, elle préconisait d'acheter le beurre à la moutarde. »

Archibald et Gustave restèrent bouche bée, ne comprenant pas le problème.

« Et alors ? » dit Archibald.

« Elle dit que si l'on n'a pas ce beurre, le plat ne sera pas bon alors que moi ces recettes je les fais avec du beurre normal et elles sont délicieuses.

Ce beurre se trouve au rayon des produits locaux, donc je pense que cette animatrice fait de la pub pour une marque illégalement et que Magnier l'a su et lui reprochait. »

« Fine déduction Simone, il se peut aussi que ce beurre soit excellent et meilleur que le normal. N'oublie pas qu'elle n'a pas pu le tuer, elle était en direct à l'antenne » dit Gustave.

« Peut-être mais n'oublions pas que c'est une femme qui a acheté l'arme à ce Christophe Bivoute ? Elle a pu la donner à quelqu'un pour qu'il fasse le boulot à sa place ? »

« Ça se tient Simone » se réjouit Gustave.

« Il faut qu'Émilien vienne demain avec ce Christophe Bivoute car je vais pouvoir réinterroger Catherine Lilenoit. Il pourra découvrir s'il reconnait sa voix. Il faudrait aussi qu'il me ramène ce gérant de société au Tribunal avec une convocation. J'aurai aimé avoir les bilans, les statuts de cette société qui vend du beurre à la moutarde, toutes les pistes sont bonnes à prendre. »

« Émilien est allé au Tribunal de Commerce, nous pouvons l'appeler pour lui dire ce dont tu as besoin ? »

Une voiture arriva au même moment devant la maison de Simone, il s'agissait d'Émilien qui revenait du Tribunal de Commerce. Il entra chez sa mère.

« Ah vous êtes tous ici ! Je suppose que ma mère vous a fait un topo de la situation ? »

« Oui et je vous écoute » dit Gustave.

« J'ai en ma possession les documents de la société, j'ai pu y jeter un œil. Elle a été ouverte il y a huit ans. Pendant quatre ans, elle n'a généré aucun bénéfice et dès que Catherine Lilenoit est passée à l'antenne, les bénéfices ont augmenté petit à petit et aujourd'hui elle génère + 40% de bénéfices depuis son ouverture » expliqua Émilien.

« Bon travail Émilien. Il faut maintenant étudier le dossier entièrement et approfondir sur cette Catherine et ce gérant, d'ailleurs comment s'appelle-t-il ? »

« Benoît Chapier » dit Émilien.

« Regardez s'il a un lien avec Catherine Lilenoit. Je veux voir ce gérant demain au Tribunal, je vais vous donner une convocation. Je veux voir aussi Christophe Bivoute. C'est notre dernière chance, demain c'est le dernier jour du procès » rajouta Gustave.

« Je m'en occupe de suite » dit Émilien en prenant la convocation et en s'en allant sur-le-champ.

« Je vais travailler sur le dossier Simone, je vais m'isoler dans la chambre » dit Gustave.

« Bien Gustave, je t'amènerai ton repas quand-il sera prêt. Quant à toi Archibald, je te garde à manger si tu le souhaites ? »

« Avec plaisir Simone mais appelle Georgette avant. »

« Je le fais de ce pas » rajouta Simone en soupirant.

Simone prit le téléphone et composa le numéro de Georgette.

« Oui, allo ! »

« Georgette ? C'est Simone. »

« Ho Simone ! C'est gentille de m'appeler ou plutôt d'appeler Jules. Tu veux que je te le passe ? »

« Non, c'est à toi que je veux parler. »

« À moi ? » s'écria Georgette étonnée.

« Je voulais savoir comment tu te sentais ? »

« La partie adverse a été horrible aujourd'hui. Ils ont parlé de mon ex-mari qui s'était fait la malle avec la maîtresse d'école, de Jules, de son enfance, de moi et ça m'a caillé sur le jabot.[9] »

« O l'est que des meurtries !!!![11] Ils font ça car ils n'ont rien d'autres à se mettre sous la dent !!! »

« C'est dur ! C'est dur car il a fallu que j'élève Jules toute seule et heureusement j'ai pu travailler grâce à toi.

---

[11] *O l'est que des meurtries :* ce ne sont que des mensonges

Travailler à la bibliothèque m'a enrichi et m'a permis de pouvoir éduquer Jules du mieux que j'ai pu mais dire autant de méchanceté, c'est pas juste. »

« Tu fais bien de le dire que je t'ai aidé, quand je vois comment tu m'as remercié !!! »

« Simone, tu es ma meilleur amie.... »

« Était Georgette, était.... » coupa Simone.

« Non, pour moi tu l'es toujours. Je ne sais vraiment pas ce que tu me reproche et j'espère qu'un jour tu t'expliqueras. Tu as fait beaucoup pour moi et je sais que là tu fais beaucoup pour Jules et je ne te remercierai jamais assez. »

« Pense ce que tu veux ! Je voulais juste vous dire à toi et Jules d'oublier cette journée car les habitants savent très bien que c'est faux. Pour le reste, j'aimerai que tu fasses un effort de te souvenir, car je sais Georgette, sache que je sais, j'étais là et ce............... »

« Sache que quoi ? Je ne comprends rien !!! »

« Je me retiens Georgette !!!! Je me retiens !!!!! Je sais que ce n'est pas le moment mais un jour ton jour viendra et crois-moi que tu la cracheras cette vérité. »

« Mais de quelle vérité parles-tu ? Par moment je pense réellement que tu as débloqué ? » dit Georgette.

Le ton monta.

« Moi, débloquée ? Bougre de femme qui trahit ses amis et qui.......... » Simone s'arrêta.

« Qui quoi Simone, explique-toi enfin ? »

« Reposez-vous, la journée de demain va être difficile. Bonne soirée et bisous à Jules. »

Simone raccrocha en marmonnant : « Quelle bougre, quelle menteuse, quelle ingrate » en regardant la photo de son défunt mari Marcel accroché au mur tout près du téléphone.

« Que marougnes-tu Simone ? »[12] lui demanda Archibald.

---

[12] *Marougner :* marmonner

« Georgette est impossible comme femme !!! »

« Ah, parce que toi tu ne l'es pas ? »

« Moins qu'elle. Elle ne veut pas admettre ce qu'elle m'a fait. »
« Et elle t'a fait quoi ? » demanda Archibald à Simone d'un air malicieux.

« Elle m'a trahi et elle a osé.......... » Simone s'arrêta mettant sa main devant la bouche. « Je te vois venir, je ne dirai rien de plus tant que cette bougre n'en parlera pas en premier. »

« Eh ben ça va durer longtemps votre cinéma car Georgette n'a pas l'air de savoir !!! Mais maintenant que tu as commencé, tu pourrais peut-être finir ? Donc tu disais que Georgette t'avais trahi, trahi de quoi ? »

« Elle ment Archibald, elle sait la vérité et cela me rend triste en ce moment. Marcel me manque et Jules risque d'être accusé et cette femme en rajoute en ne voulant pas dire la vérité. »

« Je capitule » dit Archibald en baissant la tête, « je vais t'aider à préparer le repas. »

La conversation s'arrêta ici sans que finalement Archibald n'apprenne le fin mot de l'histoire sur ce conflit entre Simone et Georgette. Néanmoins Simone avait commencé à se livrer et il ne perdait pas espoir d'avoir le reste de cette histoire. Le repas était sur le feu, un bon civet de lapin. Les deux amis décidèrent de se prendre un verre de pineau maison des vignes de Simone. Sur la table se trouvaient des documents, Simone décida d'y jeter un œil.

« Simone ne fais pas ça ! Mais tu es infernale, ces documents sont confidentiels !!! » lui expliqua Archibald.

« Je sais mais peut être que je pourrais avoir de la baille.[13] »

Simone lisait les documents se trouvant devant elle et quelque chose la chagrina.

« Mais bien sûr ! » dit-elle.

[13] *avoir de la baille :* avoir de la chance

« Qu'as-tu trouvé ? »

« Il faut que j'en parle à Gustave, ce sont les contrats de travail de chacun des animateurs et regarde.... »

« Je ne vois rien, ils ont tous des contrats de quatre ans et alors ? »

« Attends, je vais voir Gustave et je reviens. »

Simone partit en direction de la chambre d'amis, elle frappa et entra. Elle s'excusa auprès de Gustave mais lui montra ce qui la chagrinait.

« Bravo Simone, en effet c'est un très bon élément. »

Simone sortit rejoindre Archibald pour finir son verre. Un peu plus tard, elle apporta le repas de Gustave dans sa chambre, puis revint finir de manger avec Archibald qui partit à la fin du repas, car comme ils le savaient tous, la journée de demain allait être longue.

Chapitre 4

<u>Troisième et dernière journée du Tribunal.</u>

Tout le monde était là : les villageois, Simone, Archibald, Georgette. Quant à Émilien et Anne, ils étaient un peu plus en retrait et ils entouraient Christophe Bivoute. Tout à coup un homme s'écria :

« La cour ! »

Tout le monde se leva pour se rassoir une fois la Présidente assise.

« Nous sommes à notre troisième et dernière journée de séance. Après avoir entendu tous les témoins de cette journée, les deux parties feront leurs réquisitoires et les jurés iront délibérer » expliqua la Présidente.

« Maître Momet, c'est à vous d'appeler votre témoin. »

« J'appelle monsieur Chapier Benoît. »

« Monsieur Chapier, est-il exact que vous avez une entreprise qui fabrique du beurre à la moutarde ? »

« C'est exact. »

« Depuis combien de temps cette entreprise existe-t-elle ? »

« Depuis huit ans. »

« Pouvez-vous nous dire pour quelle raison, les quatre premières années, l'entreprise n'a généré aucun bénéfices mais que ces quatre dernières années ils ont augmenté de 40% ? »

« Le lancement d'une entreprise est toujours difficile maître, il faut le temps de se faire connaître et le produit que nous vendons est assez particulier. »

« Et comment vous êtes-vous fait connaître ? »

« Par la publicité. »

« Laquelle ? »

« Par le biais d'affiches publicitaires, les catalogues, les promotions….. »

« Et la radio, que vient-elle faire là-dedans ? »

« Rien et je ne comprends pas ? »

« Il s'avère que Catherine Lilenoit présente ses recettes à l'antenne en indiquant qu'il faut toujours du beurre à la moutarde pour que le plat soit réussi, comment l'expliquez-vous ? »

« Bien peut être qu'elle aime beaucoup le beurre à la moutarde et qu'elle a découvert qu'avec mon produit la recette était meilleure. »

« Je vous remercie Monsieur Chapier, je n'ai plus de questions. Madame la Présidente je me réserve le droit de réinterroger ce témoin, je souhaite qu'il reste dans la salle aujourd'hui. »

« Maître Douyard, un mot ? »

« Non Madame la Présidente. »

« Maître, je vous autorise donc à réinterroger ce témoin ultérieurement. »

« Maître Momet poursuivez, appelez votre témoin suivant. »

« J'appelle Catherine Lilenoit. »

« Madame Lilenoit, nous savons que vous nous avez déjà menti une première fois.

Lorsque vous nous avez dit avoir mangé des cagouilles dans ce restaurant alors même qu'il n'y en avait pas et que cette mascarade n'avait servi de prétexte que pour camoufler la présence d'un détective privé. Mais pour quelle raison exactement avez-vous menti ? »

« Comme vous le dites, pour ne pas dévoiler la présence de ce détective privé. Nous étions coincés avec nos contrats de travail et nous essayions de trouver quelque chose contre lui pour lui mettre la pression. »

Maître Momet se retourna un instant, regarda Émilien qui lui fit signe d'un oui de la tête. Christophe Bivoute avait reconnu la voix du téléphone.

« Madame Lilenoit, avez-vous acheté une arme ? »

« Non quelle question !!! »

« Madame Lilenoit, vous nous avez déjà menti une première fois n'oubliez pas que vous êtes sous serment, avez-vous oui ou non acheté une arme ? »

« Non ! »

« Madame la Présidente je demande
l'autorisation d'appeler un témoin et de pouvoir
rappeler Madame Lilenoit après. »

« Oui, accordée. J'espère que toutes ces petites
manigances vont servir à quelque chose et que
vous ne faites pas perdre du temps à la Cour,
maître ? »

« Madame la Présidente, je ne me permettrai
pas » répondit maître Momet.

« Madame Lilenoit, je vous demande de quitter
ce siège et de rester dans la salle » demanda la
Présidente, « Maître, appelez votre témoin »
poursuivit-elle.

« J'appelle Christophe Bivoute. »

« Monsieur Bivoute, avez-vous une arme ? »

« J'en avais une mais je l'ai vendu. »

« À qui ? »

« Je n'ai pas son nom mais je peux affirmer que j'ai reconnu sa voix et qu'il s'agit de Madame Lilenoit. »

« Objection ! Ceci n'est que fantasme. »

« Madame la Présidente j'essaie d'établir la vérité. Cet homme n'a pas à mentir, il va être condamné pour avoir vendu l'arme du crime » expliqua Maître Momet.

« Madame la Présidente, devons-nous encore souffrir des plaisanteries de maître Momet ? On devrait croire sur parole un repris de justice qui a un casier judiciaire plus long que mon bras !!! » s'écria fortement maître Douyard dans la salle.

« Continuez maître » dit la Présidente, « mais allez au but. »

« Je n'ai plus de questions et je rappelle Madame Lilenoit. »

« Madame Lilenoit, vous avez affirmé tout à l'heure n'avoir jamais acheté d'armes.

Pourtant monsieur Bivoute est formel, il dit avoir reconnu votre voix. Qu'avez-vous à nous dire ? »

« Il se trompe. »

« Quel était votre lien avec monsieur Magnier ? »

« C'était mon patron comme je l'ai déjà dit. »

« Quel est votre lien avec monsieur Chapier ? »

« Aucun. »

« Votre contrat se terminait dans six mois et vous n'aviez pas de clause, comptiez-vous partir ? »

« Non ! »

« C'est assez surprenant, vous n'êtes pas contente de vos nouvelles plages horaires mais vous décidez de rester quand même ? »

« Ce n'est que spéculation, madame la Présidente. Mon confrère a-t-il une question à poser ? » s'écria maître Douyard.

« J'en arrive cher confrère » répondit maître Momet.

« Pourquoi à chaque émission, l'ingrédient principal de vos recettes est le beurre à la moutarde ? »

« Parce que c'est un ingrédient qui permet d'avoir un plat délicieux. »

« Avec un beurre normal le plat serait comment ? »

« Bon mais moins somptueux. »

« Faites-vous de la pub pour ce beurre à la moutarde ? »

« Du tout. »

« Madame Lilenoit, nous avons ici vos comptes bancaires. Vous recevez de l'argent de la société BL Charentes, expliquez-nous pourquoi ? »

Catherine Lilenoit resta muette.

« Madame Lilenoit, je vous repose la question. Pourquoi recevez-vous de l'argent de la société BL Charentes ? Je vais répondre à votre place. Vous recevez des pots-de-vin de cette société si vous en faites la pub, n'est-ce pas ? Société qui appartient à Mr Chapier, votre ancien camarade de la caserne militaire » cria haut et fort maître Momet.

« Oui c'est vrai. »

« Mais quand allez-vous arrêter de nous mentir ? Le repas, les pots-de-vin, l'arme à feu........., n'est-il pas préférable de nous dire la vérité ? Madame Lilenoit, votre contrat de travail se terminait dans six mois, racontez-nous la vérité ou préférez-vous que je la dise ? »

« Ce n'est pas la peine, je vais vous raconter. C'est vrai j'ai acheté une arme mais je n'ai pas tué Magnier. Je voulais le menacer mais je n'en ai pas eu le temps. Magnier avait découvert que je faisais de la pub pour BL Charentes à l'antenne et que je percevais des pots-de-vin.

Il me tenait, mon contrat se terminait dans six mois. Je comptais partir ailleurs et obtenir des plages horaires en journée dans une autre radio mais il ne voulait pas me laisser partir. Si je partais à la concurrence, il m'a dit qu'il les préviendrait. Il voulait m'infliger trois ans de contrat supplémentaire avec des horaires de non écoute pour me punir. Lorsque j'ai été voir Benoît Chapier dans son bureau, je lui ai expliqué que la pub pour le beurre à la moutarde allait s'arrêter. Il n'était pas content car c'est grâce à la pub de l'antenne que les ventes ont explosées et que la société faisait des bénéfices. C'est lui qui a décidé de le tuer, l'arme était dans mon sac à main et il me la prise. »

« Quel est votre lien avec Mr Chapier ? »

« C'est vrai, c'est un ancien camarade de l'armée, j'avais une dette envers lui. A la caserne, j'effectuais les commandes de marchandises pour la cuisine, je commandais toujours un surplus d'aliments que je ramenais chez moi.

Chapier qui était mon second en cuisine, s'en est aperçu, il ne m'a pas dénoncé mais je savais qu'un jour il faudrait que je lui rende la pareille. Lorsqu'il a ouvert son entreprise à sa sortie de l'armée il y a huit ans, et qu'à mon tour je suis partie il y a de cela quatre ans, il a su que j'étais animatrice dans une radio et que je faisais des annonces de recettes. Il m'a demandé de lui faire de la pub car son entreprise ne faisait pas de bénéfice et en échange il me versait des pots-de-vin. Je voulais arrêter mais il m'a dit qu'il me dénoncerait. »

« Madame la Présidente, je vous demande de mettre en arrestation madame Catherine Lilenoit. »

« Gardien ! Mettez madame Lilenoit en garde à vue » répliqua la Présidente.

« Madame la Présidente, j'aimerai rappeler monsieur Chapier Benoît. »

« Je vous l'accorde maître. »

« J'appelle monsieur Chapier Benoît. »

« Monsieur Chapier, vous avez pu entendre madame Lilenoit, qu'avez-vous à nous dire ? »

« C'est vrai pour les pots-de-vin mais pour le reste elle a menti, je n'ai pas tué Magnier. »

« Monsieur Chapier, vous mentez ! Madame Lilenoit se trouvait à l'antenne en direct. Elle n'a donc pas pu tuer Magnier, il est inutile de continuer de mentir. »

« C'était son idée de tuer Magnier, elle ne voulait pas perdre ses pots-de-vin. C'est elle qui m'a dit de le faire lorsqu'elle serait à l'antenne. »

« Et vous !!! Vous ne vouliez pas perdre vos ventes et votre bénéfice. Ce n'est pas moi, c'est elle, ce n'est pas moi, c'est lui. Quoi qu'il en soit, vous êtes coupable tous les deux. Madame la Présidente je demande l'arrestation de monsieur Chapier et la libération de mon client.»

« Gardien ! Procédez à son arrestation, monsieur Frontier Jules, vous êtes libre. »

Tous les villageois se mirent à applaudir et à féliciter Jules à sa sortie du Tribunal.

« Maître, merci pour tout » remercièrent Georgette et Jules.

Émilien et Anne emmenèrent Catherine Lilenoit et Benoît Chapier au commissariat dans l'attente d'une détention provisoire et de leur procès. Archibald et Simone félicitèrent Gustave et tous les 3 rentrèrent chez Simone.

Chapitre 4

Georgette

Le soleil brillait cette journée-là. Gustave, Archibald et Simone étaient arrivés et s'installèrent devant les vignes sous un chêne de cent ans d'âge pour se détendre et fêter cette journée comme il se doit.

« Tu as été formidable Gustave, in p'tit verr' de cougnat ? » répliqua Simone.

« Je ne dis pas non cette fois-ci. Tu m'as aidé Simone, si tu ne m'avais pas parlé des trois animateurs dans le restaurant, des recettes à l'antenne ou du contrat, on n'aurait peut-être pas pu sortir Jules de ce bourbier. Je voulais rajouter que depuis une semaine, tu t'es beaucoup chamaillée avec ton amie Georgette. Je ne connais pas votre différend mais ne crois-tu pas qu'à notre âge, les enfantillages c'est fini ? »

« D'accord avec vous maître » rajouta Archibald. « Cela fait des années que je les connais et je ne comprends toujours pas ce qu'il s'est passé. Je trouve dommage qu'une amitié comme la leur puisse être endommagé pour pas grand-chose je suppose. Simone a commencé par me dire que Georgette l'avait trahie mais n'a pas fini. Je te propose donc Simone de te libérer et de tout nous raconter. »

« Pour vous répondre à tous les deux. Tu penses que ce n'est pas grand-chose Archibald et bien tu te trompes et je suis profondément blessée.

Quant à toi Gustave, tu as raison, j'ai un âge avancé et il serait peut-être temps de résoudre ce problème » répondit Simone.

Une voiture arriva, il s'agissait d'Émilien et d'Anne.

« Ils ont été pour moi une bouffé d'oxygène » dit Gustave. « Il ne pense pas pareil, ils sont à l'opposé et pourtant je suis convaincu qu'ils finiront par s'entendre et qui c'est…… »

« Je pense pareil que toi Gustave mais il y a encore beaucoup de travail pour Anne qui a encore du mal à s'adapter » rétorqua Simone.

Émilien et Anne s'approchèrent.

« Bonjour tout le monde » s'exclamèrent Émilien et Anne.

« Félicitation maître, nous avons mis les deux prévenus dans des cellules séparées, ils se renvoient la balle mutuellement »

« Merci à vous deux vous m'avez beaucoup aidé. Si vous ne m'aviez pas fait de recherches, je n'aurai pas su certains éléments. »

« C'est vrai même si nous devions travailler pour le bureau du Procureur, n'est-ce pas Anne ? »

« Ça va !!!!! J'avoue que tu avais raison sur ce coup-là. »

« Sur ce coup-là ? Dis donc tu n'admettras jamais que tu as tort ? Tu sais parfois, je me sens bête au vu de la grande criminologue que tu es et puis je te regarde et je me sens mieux ? »

« Ça suffit les enfants !!!!! » dit Simone en ricanant. « Vous ne pouvez pas vous en empêcher ? Vous avez fait un travail en équipe et c'est ce qui compte. »

« De quoi parliez-vous ? » demanda Émilien.

« De ta mère » répondit Archibald. « Elle reconnait enfin qu'elle doit parler avec Georgette sur leur différend. »

« Ah très bien, bonne résolution. De quoi s'agit-il alors ? Tu peux nous en parler ? »

« Nous en étions justement là quand vous êtes arrivés tous les deux » répliqua Archibald.

« On t'écoute maman !!! »

« Mais cela ne vous regarde pas, je règlerai mon problème seule. »

« Tu vas pouvoir le régler maintenant » s'exclama Émilien, car une voiture arriva et il s'agissait de Georgette et Jules.
Seul Jules descendit de la voiture. Il s'approcha et se dirigea vers maître Momet.

« Bonjour à tous ! Maître, je voulais vous remercier une dernière fois et vous dire que grâce à vous, je vais vivre. »

« Jules, ça était un plaisir pour moi de te défendre, tu es un garçon avec beaucoup de sensibilité et de courage. »

« Pourquoi ta mère n'est pas descendue de la voiture ? Ma mère voulait lui parler » s'exclama Émilien.

« Justement, elle n'est pas descendue à cause
de marraine. »

Simone se leva, mit ses 2 mains sur la table,
baissa la tête, la releva, regarda tout le monde
et dit : « D'accord j'y vais. »
Elle s'avança vers la voiture où Georgette s'y
trouvait côté passager.

« Que va-t-elle faire ? » s'interrogea Jules.

« T'inquiète mon grand » répondit Archibald,
« ta marraine a décidé de s'expliquer avec ta
mère. »

« Ce n'était pas trop tôt. »

Tous regardèrent Simone s'éloignait en
direction de la voiture. Lorsqu'elle y arriva,
Georgette en sortit et l'explication commença.

« Vous entendez quelques choses vous ? »
demanda Émilien.

Ils répondirent tous : « non ! » pourtant on
voyait Georgette et Simone faire de grands
gestes.

« Si nous nous approchions un peu, on pourrait entendre » fit Archibald.

« Vous êtes aussi incorrigible que ces deux femmes » rajouta Gustave.

Émilien, Jules et Archibald grignotaient du terrain pour entendre les deux femmes.

« Je t'ai vu Georgette, ne mens pas ? »

« Mais tu te trompes Simone, tu crois avoir vu mais ce n'est pas ça du tout, laisse-moi t'expliquer. »

« Mais avoue au moins que tu m'as trahie ? »

« Mais non Simone, c'est un malentendu. Ce jour-là, j'ai eu un souci et.......»

« Bah voyons, jusqu'au bout tu vas trouver des excuses. Et moi qui te faisais confiance !!! »

« Mais tu peux, je n'ai jamais fait ce dont quoi tu m'accuses, je te l'assure. »

« Tu me fais beaucoup de peine Georgette, c'est fini tu entends, c'est fini. »

Émilien, Jules et Archibald qui écoutaient se regardèrent d'un air embarrassé.

« Ça a l'air mal barré » dit Jules.

« Écoute Simone, soit tu me crois soit en effet nous ne pouvons plus être amies car penser ça de moi, ça m'écœure !!! »

« Tu connais la sortie GEOR-GETTE la traîtresse. ADIOU[14] ! »

L'une remonta en voiture et l'autre se dirigea vers Gustave et Anne. Simone passa devant Émilien, Jules et Archibald.

« Maintenant vous savez ? Vous avez bien entendu j'espère ? »

« Hé ben écoute Simone » dit Archibald d'un air malicieux, « malheureusement, nous n'avons pas pu entendre le début de l'histoire, si tu pouvais te répéter ? »

« Tu trouves que c'est le moment de faire de l'humour Archi ? »

[14] *Adiou* : Adieu

« Hé zut !!!! On ne saura pas encore !!! » dirent
les trois compères.

Simone s'assit, abattue....

« Momone, je ne connais pas ton différend et
de ma place, je n'ai rien entendu. Mais as-tu
vraiment essayé de t'expliquer ? Tu as
tellement de colère en toi que, quel que soit les
réponses de ton amie Georgette, tu ne les
accepterais pas » lui expliqua Gustave.

« Je penses que tu as raison Gustave, il va me
falloir du temps encore. »

Simone avait gardé en elle amèrement cette
trahison, si tant il y en avait une. Les deux
femmes n'étaient toujours pas réconciliées et le
mystère persistait.

FIN

Définition Patois

[1] ***Va tout beun à neu*** : ça va bien aujourd'hui

[2] ***J'ai les monges*** *:* j'ai peur

[3] ***C'est vergougnoux*** *:* C'est honteux

[4] ***On z'ou acacher rabistoquer*** : on ne peut pas s'appuyer sur quelque chose de rafistoler

[5] ***Une pignouf*** *:* une personne grossière

[6] ***In p'tit verr'de cougnat*** *:* un petit verre de cognac

[7] **Thieu l'arou, i veux pu l'vouer par ici** : individu louche, douteux qui ment

[8] ***Tartasser*** : bavarder inutilement

[9] ***Fi' de garce ! ça va caillé sur le jabot*** : Avoir du mal à digérer tout ça.

[10]. ***Ça daille :*** ça craint

[11] ***O l'est que des meurtries :*** ce ne sont que des mensonges

[12] ***Marougner :*** marmonner

[13] ***Avoir de la baille :*** avoir de la chance

[14] ***Adiou*** : Adieu

Romans

Les aventures de Simone : L'enfant du pays

Les aventures de Simone :   Le vélo

Les aventures de Simone : Coupable Désigné